R.O.D
READ OR DIE
YOMIKO READMAN"THE PAPER"

——第二巻——

倉田英之

スタジオオルフェ

集英社スーパーダッシュ文庫

R.O.D 第二巻

CONTENTS

R.O.D人物紹介

読子・リードマン

大英図書館特殊工作部のエージェント。紙を自在に操る"ザ・ペーパー"。無類の本好きで、普段は非常勤教師の顔を持つ。日英ハーフの25歳。

菫川ねねね

現役女子高生にして売れっ子作家。狂信的なファンに誘拐されたところを読子に救われる。好奇心からか、現在は逆に読子につきまとっている。

ジョーカー

特殊工作部をとりしきる読子の上司。計画の立案、遂行の段取りを組む中間管理職。人当たりはいいが、心底いい人というわけでもないらしい。

ドレイク・アンダーソン

元米国特殊部隊の傭兵。時折読子のサポートに駆り出されて迷惑を被る。根は平和と娘を愛する温厚な性格。

ジェントルメン

英国を影から支配する謎の紳士。年齢、正体、一切不明。絶大な権力を振るい、世界の平定をめざす。

毒島　渚

多方面業界に顔をだすプロデューサー。世界最大の書店〝バベル・ブックス〟を開店し、話題を呼ぶ。

ジョン・スミス

テロ組織〝レッド・インク〟のリーダー。狂騒的な言動と冷酷な手口を併せもつ、凶悪な犯罪者。

イラストレーション／羽音たらく

R.O.D
READ OR DIE
YOMIKO READMAN"THE PAPER"

——第二巻——

プロローグ

たかが紙。

ほんの少しの風で吹き飛び、一滴の雫(しずく)でたわみ、曲がり、わずかな火で跡形もなく燃えつき、灰となる。

たやすく折られ、引き裂かれ、一度傷つくと二度と元には戻らない。

この世でもっとも弱いもの。

その脆弱(ぜいじゃく)な紙をかき集め、インクを垂らしたシロモノが、本。

見知らぬ誰かの戯言(ざれごと)を、どこかの物好きがまとめあげたもの。

くだらない物語、知って得をするでもない知識、身勝手な思想、主張、自意識を羅列(られつ)しただけの紙屑(かみくず)。

〝読まれること〟以外になんの利用価値も持ち得ない、無駄な物体。

現代社会において、その情報伝達の遅さは致命的であり、キャパシティに対する重量は暴力的であり、保存に必要なコストパフォーマンスは呆(あき)れるほど低い。

遠からぬ未来に滅亡していくだろうメディアの、まさに筆頭。

たかが本。そう、たかが本。


だがなぜ私たちは、それを狂おしいまでに愛しているのだろう。


洞穴(ほらあな)の中は暗かった。

まあ、明るい洞穴など滅多にお目にかかれないものだが。

曲がりくねっているので確信はないが、入口からもう五〇〇メートルは歩いただろうか。予想以上に深い穴だ。

上り下りが少ないとはいえ、闇の中をマグライトのみで進んでいると、肉体の疲労に加えて精神的な疲れも蓄積されていくというものだ。

しかしアレックス・ボールドウィンは現在のところ、まったくといっていいほどそのどちらも感じていなかった。

六〇にさしかかろうという年齢でありながら、足取りはボーイスカウトを思わせるほど弾んでいる。背負ったナップザックの中で、ハンマー、ピッケル、ブラシなどの発掘道具がカチカチとリズミカルな音を立てている。

アレックスを突き動かしているのは、名誉欲と金銭欲がブレンドされたガソリンである。それは彼の中の年老いたエンジンから、思いもよらぬパワーを引き出していた。

人生の前半を考古学者として、後半を盗掘家として過ごしてきた彼は、いまこの終盤戦において思いもよらぬ大勝負に挑んでいた。

ここアフリカから、〝暗黒大陸〟の俗称が取れて久しい。それは各国の監視衛星や調査団が戦略上、あるいは政治バランスの必要性に駆られて未開の地のヴェールを根気よく脱がしていった結果である。

しかしそれでも、この地に秘められた謎の全てを解き明かした、とは到底言い難い。

ジャングルの奥。三〇〇〇を超える様々な部族。使用言語は優に一〇〇〇以上。人と自然が作り上げた神秘の貞操帯は、まだ鍵がかけられたままなのだ。

はしたない比喩ではあるが、その股ぐらをこじ開けるのが、アレックスの仕事である。

今進む洞穴の先には、およそ常識とはかけはなれた〝お宝〟があるはずだった。

数日前、彼が遭遇したンブカ族は、まるで半世紀前の冒険小説に出てくるような連中だった。彼らは呪術を行い、狩猟に長け、信じ難いことに動物と意志を疎通させているフシがあった。

アレックスは人類学者ではなかったが、彼らの特性に大きな価値があることは容易にわかった。無論その価値は、発表することで意義を持つものだが。

彼は部族の中から、どうにかスワヒリ語を話す若者を見つけだし、その神秘について根ほり葉ほり追及した。

冒険小説の登場人物を思わせる彼らは、やはりその類の小説じみた理由を語った。

すべては、『智恵の書』によるものだと。

それは、ンブカ族に伝わる古来からの書物である。そこには自然と共に生きる法、動物との会話、気象の把握、長寿の秘訣などが記されているという。彼らの祖先が、永い歴史の中で子孫に向け、少しずつ書きくわえていったものなのだ。

アレックスが今、進んでいる洞穴の奥に、それがあるはずだった。『智恵の書』を直に見ることが許されているのは、ンブカの長だけだ。他の者は、長からの口頭でそれを伝承していくのである。長は生涯に数度、子孫に残す価値があると思われる発見をした時に、洞穴に赴いてそれを記す。

様々な意味で興味深い風習だったが、アレックスの目的は迷いなく絞られた。

「その本は、金銭になる」

学会に発表、というのは盗掘家としては無理な話だ。なら、学者に売りつけるのがいいだろう。動物学者か人類学者かは迷うところだが、どちらだろうと最低一〇〇万ドルの値はつけられる。

途方もない時間の中で、少しずつ蓄えられてきた〝知られざる智恵〟。それはそれで尊敬に値するが、アレックス個人としては己の幸福を優先させたい。なにがなんでも。

かくしてアレックスは、『智恵の書』があるという洞穴（ほらあな）に侵入したのである。秘密を語った若者に同行を迫ったが、彼はアレックスが決して〝いい人〟ではないことに気づき、それを拒否した。

急がなければ、あの若者が仲間に話すだろう。自分にも咎（とが）があるので、そうそう口にはできないかもしれないが、用心にこしたことはない。追っ手がくれば、アレックスは太刀打（たちう）ちできない。さっさと本を盗み、この地を発（た）つのが利口というものだ。

洞穴に入り、アレックスはまたも冒険小説の空気を味わう羽目になった。

通路には、多種多様なトラップが仕掛けてあったのである。落とし穴、降ってくるヤリ、吊（つ）り天井、崩（くず）れる床……。

もちろん侵入者対策なのだろうが、彼としては苦笑するしかなかった。四半世紀に及ぶ盗掘（とうくつ）歴の中で、こういった罠（わな）は馴（な）れていたのだ。

長（おさ）の権限は絶対だ。部族の中からは侵入者もいなかったのだろう。結果としてトラップはその威力を発揮することなく、時代遅れになっていた。

「……もう少し、流行に目を向けるべきだったな」

余裕の笑みを浮かべながら、アレックスは歩を進めていった。不思議なことに、この盗掘には楽しみが感じられる。

もともと考古学者になったのも、少年時代に読んだ冒険小説に影響されたためだ。だが実際の発掘は、冒険や神秘とは無縁の世界だった。発掘には莫大（ばくだい）な費用がかかり、入念な調査と準備を必要とする。チームを組み、予算を獲得するために、普段から権力を持った学者、あるいはスポンサーに頭を下げなければならない。

ナチスドイツや、太古（たいこ）の怨霊（おんりょう）などといった敵はいないが、手柄を競う他チームの妨害は幾度となく受けた。

結局、それらのしがらみが嫌になって、盗掘家に鞍替（くらが）えしたのだ。

悪事はそれに見合った金になり、心も名前もずいぶん汚れた。

だが今、アレックスは、彼が本来求めていた高揚（こうよう）の中にいた。何十年ぶりかの、冒険を求める心境に戻っていた。

動物との意志疎通（そつう）を書いた書。キング・ソロモンの指輪を思わせるような本だ。愛読した小説の文面が、おぼろげながら脳裏に浮かんだ。

していることは、所詮（しょせん）盗みだ。自己弁護にすぎないとはいえ、それを楽しんでいけない法もないだろう。

「…………ん？」

マグライトの光が、ぼんやりとした薄明かりの中に消えた。通路が終わりに達したのだ。

アレックスは口中に溜まった唾（つば）を飲み込み、足を速めた。

薄明かりはどうやら自然光のようだ。とすれば、この先には採光が配慮された場所があるに違いない。ほぼ間違いなく、『智恵の書』を保管している部屋だ。

動悸が速くなった。それは、急ぎ足のせいでは、決してない。

進む一方で、「もしここにトラップがあれば、絶対にひっかかるな」との考えが頭をかすめたが、足は揺らぐことのない石の床をしっかりと踏みしめている。悪運も味方についたようだ。

最後に彼を妨害したのは、大きな蜘蛛の巣だった。ささやかな糸の抵抗をマグライトで破壊し、アレックスは通路の終点に到着した。

そこは、予想したとおりの部屋だった。意外に広い。礼拝堂ほどの広さはあるだろうか。岩で囲まれた、楕円形の部屋だ。天井はビルの二階ほどの高さで、地割れのような隙間から太陽光が差しこんでいる。そこから種子でも入ってきたのだろう、床の各所に草が生え、精一杯身を伸ばして光を浴びている。

小説の挿画で見たような、秘密の宝部屋だった。ハッピーエンドを期待して、アレックスの顔が自然とほころぶ。

部屋の中央に、岩を組んで作った壇があった。浸水対策で、周囲より一メートルほど高くなっている。間違いない。『智恵の書』はあそこにある。

そこまで考えをめぐらせて、アレックスは我が目を疑った。

壇上に、人の姿があった。一瞬、彫像の類かと思ったが、それにしては生々しすぎる。なにより、その外観はアフリカで見られるどんな像にも似ていなかった。

長い黒髪。俯いているために顔は見えないが、手や足といった肌の色から黒人でないことは明白だ。

白いコートを無造作に着て、皺がつくのも気にかけず、壇上に座りこんでいる。下半身はズボン、スラックスではなくスカートを履いていた。さらに見ると、コートの下のシャツを豊かな胸が押し上げている。女だ。

「……女?」

疑問符が口をついて出たが、女はアレックスが現れたことに気づいてないようだった。彼女の目は、手の中にある本をひたすら見つめていたのだ。

それは、動物の革をなめして綴じただけの粗い本だった。革をめくるという女の動作がなければ、本という認識も難しいだろう。

アフリカの奥地にある秘密の洞穴で、およそジャングルには似つかわしくないコート姿の女が本を読んでいる。

アレックスは瞬時、呪術にかけられたのかと疑った。そのほうが、まだ納得できたからだ。

しかし呪術をかけるにしろ、こんな無害な幻影を見せてどうするのか? アレックスの思考は、論理的な結論に到達してしまうのだった。

そんな彼の困惑など知る様子もなく、女は本を読み続けている。アレックスは困惑を一度脳の中から締め出し、積極的なコミュニケーションに出ることにした。

「おいっ！」

注意深く進みながら、女に声をかける。しかし女は無反応だった。

「おいっ、そこの女っ！」

さらに接近し、声のボリュームも一レベル上げた。気づかないわけがない呼びかけに、だが女は沈黙を守っている。

アレックスは、ナップザックの中から拳銃を取り出した。盗掘家(とうくつか)とはいえ、これで人を撃ったことなど〝ほとんど〟ない。自分の命が危険にさらされた時はまた別だったが。

「聞こえねぇのか、おいっ！」

壇上(だんじょう)に向けての階段がわりとなっている石を上る。銃口は女に向けたままだ。ここに至っても、女は返事一つしようとしなかった。コートを床に半円状に広げ、べら、と革のページをめくっている。

至近距離に到達し、アレックスはその皮面に書かれた文字を見ることができた。見たこともない字面だ。スワヒリ語に似た部分もあるが、もっと原始的な筆致(ひっち)だった。

おそらくは、部族間のみで伝承されているうちに、独自の進化を遂(と)げた文字なのだろう。問題は、その文字を、なぜこの女がすらすらと読んでいるかだ。

言語学者……？　直接的な推測が頭に浮かんだ。確かに女が醸し出している気配は、研究者や学者といった〝机組〟のそれである。

アレックスは、銃口を女の頭に構えた。これで相手の正体がなんであれ、主導権を握ることができる。威嚇を多めにブレンドし、口を開く。

「いいかげんに……！」

「ぱお――――ん！」

初めて女が返してきた言葉は、アレックスの語彙にないものだった。驚きのあまり引き金を引きそうになり、慌てて銃口をそらす。

「…………………」

女はゆっくりと顔を上げた。黄色人種、東洋人。年齢は二〇代の半ばか、やや若いかもしれない。黒くフチの太い、不格好なメガネをかけている。その下の瞳は、高揚で輝いていた。一時前のアレックスが、そうであったかのように。

女は一人うんうんと頷きながらつぶやいた。

「そっかぁ……象さんって、お話できるんだぁ……」

知識を吸収することの悦びに、頬が緩む。にへら、としか形容できない笑みが浮かんだ。

「……おいっ！」

どうにか気と態勢を立て直したアレックスが、女の頭上から声を落とす。

「はい?」

ようやく女の視線と意識が、アレックスを捉えた。顔を忘れた知人と会ったかのように、無防備な疑問顔で見上げてくる。

「…………」

五秒ほどの沈黙が過ぎていった。

「……どなたですか?」

女が大きく首をかしげた。子供っぽい仕草が、さらに印象を若く、柔らかくする。

「それはこっちのセリフだっ! おまえは誰だっ! ここでなにしてるっ⁉ なんだその格好はっ⁉」

立て続けに浴びせられる怒号混じりの質問に、女は身をすくめる。

「ごっ、ごめんなさいっ……私……読子(よみこ)・リードマンともうします……」

「ヨミコ?」

聞き慣れない響きに、アレックスの勢いがやや薄れた。ヨミコ、と名乗った女はたじろぎながらも、律儀(りちぎ)に返答してくる。

「すいません、ちょっと、この本の検証を……しようと思って来たんですが、おもしろくってつい読みこんじゃって……」

検証？　おもしろい？　読みこんだ？　アレックスの中で、認識できても理解できない単語がぐるぐると回った。

「で、あの、格好なんですが……ごめんなさい、私これしか服持ってないんで……。でも、大英図書館の支給品ですから、そんなにみっともないもんじゃないって思うんですが……なにか、お気にさわりましたか？」

窺うように見上げてくる読子だったが、その手はしっかりと本を胸に抱えている。

「大英図書館？　……イギリスのか？」

「はいっ」

提出されたパズルのピースは、どんな形にもなりそうにない。アレックスはヒントを探るべく、さらに疑問を投げかけた。

「……おまえ、どこからここに入った!?　トラップくぐり抜ける知識があるのか!?」

「は？　トラップなんてありませんでしたが……」

「ウソを言うな！　どこから、どうやって！」

「非常口から」

証明するように、読子は壁の一画を指さした。そこには、アレックスが入ってきたのとは、また別の通路が見えた。廊下の凸凹も少なく、見通す限りの直線通路で、進みやすいことこのうえない。ご丁寧にも、通路の上にはなにやら文字が書き付けられた板が貼り付けられている。

「……あれ、非常口か？」

「ええ。そう書いてありますが」

読子のなにげない返答に、アレックスは目を見張る。

「読めるのか⁉　あの字が、その本が⁉」

「はぁ、すいません……」

別に謝る必要はないのだが、読子は頭に手をやってうなだれた。

「なんでだ⁉　ンブカ族の伝承文字だぞ！」

「と、言われても……文法はスワヒリと同じですし、後はパターンから個別文字を認識していけば、だいたいは……なんとなく、ですけど」

本を読むために身についた、驚異の言語読解能力。読子・リードマンを知る者はさもありなんと頷く(うなず)だろう。それはエサを取得するためにキリンの首が伸びたような、生きるための進化に等しい。より多くの国の本を読みたい！　その欲求が、読子の読解能力を本人も知らないうちに上げていたのだ。

しかし今のアレックスにとっては、それは関係のないことだった。彼は果てしなく増加していく疑問を一時棄却(ききゃく)し、当面の目的に没頭することにした。ンブカの追っ手が来ないという保障もないのだ。

「…………もういい。細かいことはいい」

「は？」

アレックスは銃の先で、読子の抱えている本を差した。

「その本を、寄越せ」

彼の言葉で、読子の態度は一変した。潰さんばかりの勢いで、本を抱きしめる。

「どっ、どうしてですかっ！　まだ読み終わってないのにっ」

怯えが霧消し、強い意志の色が瞳にあふれた。

「うるさいっ！　おとなしく寄越せ！　そいつは、俺の人生がかかったお宝なんだっ！」

「お宝って、本をそんなふうに、あなた……！　……あなた、誰なんですか？」

今さらながらに、読子のほうから疑問が投げかけられた。だがアレックスは答えない。

「おまえの知ったことじゃない。渡さないと、こいつが頭に穴を開けるぜ」

自分でも陳腐なセリフだと思った。これも、冒険小説の受け売りだ。一つ気になるのは、使っていたのが主人公に倒される悪役だったということだが。

五〇年の間に、自分は結局悪役の側に回っていたわけか。アレックスは小さく苦笑した。だが冒険小説のように、最後に倒されるつもりは無い。ここまで来たら、目指すは悪漢小説だ。

「…………」

読子はしばらく黙って銃口を見つめていたが、やがてゆっくりと『智恵の書』を差し出した。それでいい。銃に逆らえる女なんて、そういるもんじゃない。アレックスはせいぜい憎たらしく見えるように、口を歪めて笑った。

「悪いな。こいつは、せいぜい有意義に使わせてもらう。こんな穴の中にあるより、ずっと有意義にな」

しかし読子は、怯むことのない視線でアレックスを見つめた。

「……その本は……」

「んっ？」

読子の瞳には、敗北の色がない。怯えの欠片すらも見つけられない。

「……その本は、永い永い年月を経て、少しずつ作られ、今なお作られ続けているものです。私たちに、それを持ち出す権利なんてありません」

静かな口調だが、反論を許さない強さがこもっている。銃を持っていてなお、アレックスは背に寒気が走るのを感じた。

「その本があるべき場所は、ずっと前からここなんです。……もう一度、考えなおしてみてください。あなたは、執筆者たちの手から本を取り上げようとしてるんですよ」

心の奥を刺激するような声だった。

冒険小説に読みふけった少年の日。初めての盗みを叱責した女教師の顔が浮かんだ。

だが読子の言葉は、アレックスの行動を変化させるには至らなかった。

「……非常口まで教えてくれてありがとうよ。安全に帰らせてもらうぜ」

背を向け、石を降りていく。これ以上読子の目を見つめることは、危険な気がした。

その靴が、石から床に着いた時、異変は起きた。

「…………!?」

靴の下で、床が小さく震えていた。のみならず、草もざわわとその身を揺らしている。

「なんっ……?」

アレックスの言葉が終わる前に、天井の一画が崩れて落下した。岩が岩を打つ音があがり、もうもうと土煙が舞った。

「じしっ……」

地震かと思った。その推測を、読子の冷静な声がうち切った。

「トラップです。なぜンブカの長たちは、ここまで来て文字を記しているのかわからないんですか？　その本があるべき場所は、ここしかないからです」

壇上に、読子が立っていた。奇しくも位置関係が入れ替わり、今度は彼女がアレックスを見下ろす形になっている。

「ここからその本を持ち出そうとすると、洞穴自体が崩れるんです。一種の機密保持装置でしょうか」

バカな!?　こんな密林の連中に、そんな仕掛けができるわけ……!?

そう言いかけた時、アレックスの手の中で『智恵の書』がぶるっと震えた。震えたように思えた。

「ひぃっ!?」

「戻してください。本も、この場所も、私も、それを望んでます。あなた以外の、誰もが」

読子の態度は奇妙に冷静だった。振動を感じていないかのように、壇上に毅然と立っていた。初めて見た時とは、印象が正反対になっている。

危うく取り落としそうになった本を抱え、アレックスは非常口へと駆けだした。

「！　待って！」

説得に応じないアレックスを追い、読子が床に降り立った。

非常口の通路は一本道だ。あの女の言葉を信じるなら、トラップは無い。逃げればいいだけである。アレックスにとってはまさに好都合だった。

老体とはいえ、フィールドワークで鍛えた身である。さらに命までかかっているとなれば、足は自分が思う以上によく走った。

もちろん、崩壊は通路まで進み始めていた。パラパラと石粒が天井から落ちてくる。

数分と経たぬ間に、この洞穴自体が土砂の下に埋まることだろう。

人生のかかった全力疾走を続けるアレックスに、背後から声がかけられた。

「本ー！　返してくださーい！」

仰天して、思わず振り向く。廊下の奥からあの女が、読子がコートを翻して追ってきていた。女とは思えない見事な走りっぷりは、『智恵の書』を取り戻すことしか頭にないと証明している。

「本ー！」

黄泉の国から追いかけてくる亡霊。アレックスは読子をそう錯覚した。しかし、その驚愕はたちまちに戦慄に呑みこまれてしまった。

廊下の幅広い場所に出るや否や、天井にほど近い場所から、大きな石の球が転がり落ちたのである。

「！」

声にならない衝撃が、空気に溶けた。廊下を揺るがす一際大きな衝撃に、読子も振り返った。大きな球は、廊下の端に彫りつけられた溝にハマりこみ、通路を埋め尽くして進み始めた。無論、読子とアレックスを追って。

「ひゃっ！」

文字通り迫り来る危険に我に返ったか、読子が悲鳴をあげる。走るスピードもやや落ちた。こんな状況にありながら、アレックスは呆れていた。あの女は、本がからんでいる時のほうが速いのか!?

直径四メートル半はあるだろうか、石の球は二人を追ってくる。

まったく、最後まで冒険小説だ！

アレックスが心の中で毒づいた時、背後からの足音が消えた。

圧し潰されたか⁉　思わず振り向いたアレックスの視界に、意外な光景が映った。

読子が立ち止まり、球に向かっていたのである。

「なにやっ……」

立場も忘れ、アレックスの口から叱咤の声が出そうになる。そうこうしているうちに、両者の距離はみるみる詰まった。一瞬後、読子が潰されることは明らかだった。

「つきあってらんねぇ！」

極めて正しい状況判断を終えると、アレックスは前のみを見て走り続けた。その視線の先には、点のように外界の灯りが見えた。

「！」

喜色を顔中に広げ、アレックスは加速した。読子のことなど、もう脳のどこにも残っていなかった。

「…………………」

一方の読子は、球を目前にして、コートの内ポケットに手を突っこんだ。

「……！」

引き出したその手、その指の間には紙が挟まれている。短冊に使うような長方形の紙だ。色は白、暗い廊下でそれは刃のように光った。

「失礼……っ！」

誰宛てでもないことわりと共に、読子が大きく手を振った。今にも触れんと接近した、石の表面に向けて紙を滑らせた。

白い紙の線は、残像となって闇に残った。幾十、幾百本のそれは球を分解するように、その曲面を覆っていく。

暗い廊下の中を、高音が突き抜けていった。なにかが裂かれたような、高音が。

後に続くはずだった石の球は、五秒が過ぎ、一〇秒が過ぎても現れようとしない。

崩壊の音の中でただ聞こえたのは、「本ー！」と再度走り始めた読子の声だけだった。

「ぐわああっ！」

アレックスは光の中に飛び出した。そこは、洞穴に入る前と同じく灼熱の太陽にさらされたサバンナだ。

「げはっ、げはっ……！」

生を実感する咳が、喉に殺到した。だがその咳も、背後から届く声で肺の底に引き戻される。

「ほーんー！　返してくださーい！」

熱気の中にいてさえ、悪寒を感じた。それは、読子の追ってくる叫びだった。

なんでだっ⁉　あのアマ、ツブされたんじゃ……⁉

アレックスは未だ幻術にかかっているのではないかという疑いを捨てきれない。あのコートの女は、呪術で作られたバケモノか⁉

冷静な判断力を失いつつある彼の目に、救いの箱船が現れた。

それはジープである。おそらくは、あの女がこの入口から入る時に停車したものだろう。免許を持っているとは思えなかったが。

すぐさま運転席に飛び込む。悪運はまだ彼の背に貼り付いているらしく、キーもささったままだった。


「本っ！」

読子が飛び出してきたのは、まさにジープが発車した直後だった。その姿を見たのか見なかったのか、ジープは大きく土を蹴立てあげ、その場を後にした。

「まっ……えほっ！」

まき散らされた土、そして飛び出すと同時に崩れた背後の洞窟から噴き出た岩埃が、読子を完璧に包んだ。

「げほっ……！　ほっ！　ああん、もうっ！」

コートは土にまみれていた。髪にもざりざりと砂がまとわりついている。

だが不快感は、目的意識の前に一瞬で消え去った。

「……本っ！」

ジープの消え去った後を見る。砂埃(すなぼこり)を巻き上げて、アレックスが疾走(しっそう)していた。

「もうっ、なにしてるんですか、ジョーカーさんったら！」

ジープにいたはずの上司に、非難がましいコメントを述べる。読子自身は運転免許の類(たぐい)は何一つ持っていないのだ。ジョーカーも自分も、スタッフの運転するジープに乗ってきただけなのである。

どんな理由があってか、ジープは置き去りにされていた。あるいは読子が洞穴(ほらあな)で『智恵の書』に熱中する間、木陰に避難していたのかもしれない。

いずれにせよ、アシがないというのは致命的なハンデだ。

「……………しょうがないですっ！」

それでもあきらめる彼女ではなかった。〝本〟がからんだ時、読子の思考は常識から大きく外れるのだ。

読子は走ってジープを追うため、陸上競技におけるスタンディングスタートの構えを取った。必要は無いのだろうが、心意気というやつだ。

「よーい……」

だが「どん」の合図は、他者から放たれることになった。

地面が大きく揺らいだのだ。

「あべしっ⁉」

駆けだそうとしていた読子は、地面に尻餅をつくことになった。洞穴の崩壊はもう治まっているのに、なぜ地面が揺れたのだろう？

そんなことを考えていると、さらにもう一度、地面が揺れた。立ち上がりかけていた読子は、今度は俯せになる姿勢で地面に倒れる。

「あわびゅっ⁉」

地面を揺るがす音の正体が、林の中から現れた。その巨大な影は、倒れたままの読子をすっぽりと覆った。

「…………あ」

「あ――――っ、はっ！　ひぁーっ！」

アレックスはサバンナを走っていた。その顔は勝利の喜びと、まだ少量ながら残る混乱が入り混じっている。

しかし混乱は、助手席に置かれた『智恵の書』で徐々に薄まっていった。

やった。これで勝ちだ。俺の勝ちだ。空港に出向いて、どっかの国でこいつを売っ払えば、老後を安泰に送るだけの金が入るだろう。

俺は人生の大勝負に勝ったのだ。

ガタガタと手が震え始めた。興奮が意志を押し退けて、外に出てきたのだと思った。

「イァーッ、ハーッ！」

サバンナの空に届けとばかり、アレックスは叫んだ。だが、手の震えは一向に治まらない。

それどころか、ジープの車体までもが震えだした。

「……っ⁉」

なぜ、車が⁉　慌てて車体を見回すアレックスは、バックミラーに映ったものを見た。見てしまった。

「…………………っ、あーっ⁉」

「ほーん！　返してくださーい！」

それは、土煙と振動を起こしながらアレックスを追ってきていた。

手の震えは、巨体のあげる足から地面を通して伝わってきたものだった。

アレックスの脳に、今日何度めだろう、冒険小説の挿画が浮かんだ。

読子・リードマンが、アフリカ象に乗って、ジープを追ってきていた。

「夢だ……冗談だ……」

極めて近くはあったが、彼のいる状況はあくまで現実だった。

「ぱおーん！」

読子の声が、幻聴のようにぼんやりと聞こえる。そういえばあの女は、洞穴(ほらあな)で会った時もあんな声で鳴きやがった。

「失礼、しまーす！」

背後から、声と同時に空気を切り裂く音がした。バックミラーの中で、白く四角い一片が光り、途端にジープが横転した。

「びゃっ！　ああっ！」

ジープの左方後輪が、車体から外れて転がっていた。シャフト部分には鋭利な切断面が見えるのだが、アレックスはそれを確認できなかった。彼は、サバンナの大地にその身体を叩きつけられていたからだ。

「だうっ、ああっ……」

骨折を免(まぬが)れたのは幸いだったが、衝撃は全身を貫(つらぬ)いていた。痺(しび)れる頭を振りながらも、どうにか視界の端に『智恵の書』を確認する。

「あっ……！」

伸ばした手の先に、重しのように象の足が落ちてきた。

「ぐあっ！」

触れたわけではないが、恐怖で手がすくむ。アレックスは、おそるおそるその巨体の上を見つめた。

「……返してもらいますよ、本」

圧倒的な高所から、読子がアレックスを見下ろしていた。アレックスは全身で、敗北を受諾(じゅだく)する。

「ぱおーん！」

事態がわかっているのか、アフリカ象が高々と鼻をあげる。

「ぱおーん♪」

読子が笑ってそれに答える。協力への感謝がこめられているのだが、アレックスにわかるはずもないだろう。

「……なにしてるんですか、ザ・ペーパー」

読子と象が友情を確かめていたその時、地面に放られた『智恵の書』を拾い上げた者がいた。ぱんぱんと砂を払いながら、避難がましい視線をぶつけてくる。

読子はその声に、その姿に振り向いた。

「ジョーカーさんっ！　ジョーカーさんこそ車ほったらかして、なにしてたんですかっ！」

丁寧(ていねい)に撫(な)でつけた金髪、濃紺(のうこん)のスーツ。サバンナに場違いこのうえないスタイルで、男が立っている。日傘(ひがさ)を持って、立っている。

「あなたが一向に出てこないから、そのへんを探検に出ていたのです。アフリカなんて、そうそう来れる場所ではないですからね」

平然とした口調が、一筋縄ではいかない性格を表している。

細い目は、一瞥で本の正体を悟ったようだった。

「……持ち出してきたのですか？　ンブカ族とは、検証だけで約束を取り交わしていると言ったでしょうに」

「すみません……でも、私のせいじゃ……」

ジョーカーの視線は、転倒したジープとアレックスを見比べた。トラブルが起きたことは、容易に想像できた。

「しょうがありませんね……事態の詳細は、報告書にして提出しなさい。あまり長居もできません。調査が終わってるのなら、帰投準備にかかりますよ」

強くはないが、反論を許さない命令口調だった。

「はぁ……あっ……あーっ！」

なにを思い出したか、読子が大声を張り上げる。

「なんですか？」

「ジョーカーさん！　今日何日ですか！」

「五月二一日です。それがなにか……」

「いけないっ！　まにあわないっ！」

読子は象の頭の上で、あたふたと手を振り回した。

「ジョーカーさんっ、私、日本に直帰します！　報告書は後でＦＡＸしますからっ！」

読子の唐突な宣言に、ジョーカーが端麗な眉をしかめる。

「日本なら、後で同乗すればいいでしょう。私も英国に戻った後、すぐに……」

「すぐ帰らないといけないんです、じゃっ！」

「ぱおーん！」

読子の言葉と同時に、象が身を翻した。サバンナの彼方に向かって、地響きをあげて走り始める。

「ちょっと！　待ちなさい、ザ・ペーパー！」

巨大な足音で、ジョーカーの声が届いたかはわからない。仮に届いたところで、読子が帰ってくるかは大きな疑問だった。

ジョーカーは寓話さながら、象にまたがって去ってゆく読子をみつめた。

「……ウチの紙使いは、いつから動物使いになったんですかね……」

彼の視線は次いで、倒れたままのアレックスに移った。

「……まあ、事情はあなたに聞いてみましょうか……じっくりとね」

その顔に浮かんだ笑みは、サバンナにあってなお、氷のように冷たいものだった。

『紙々の黄昏(たそがれ)』

人間には、三大欲望と呼ばれるものがある。

食欲、性欲、睡眠欲の三つがそれだ。

だがしかし、人は他にも、様々な欲望の炎に身を焦(こ)がしている。

動物には持ち得ない、人間ならではの欲望。

その欲望の一つを、知識欲と呼ぶ。


ありふれた図書館、と言えた。

建物の奥には本棚(ほんだな)が整然と並び、手前には読書用のテーブルが置かれている。平日の午前という時間もあって、人の影は少ないが。

もっとも、市の図書館が人で賑(にぎ)わうことなど、滅多にない。せいぜい夏休みに受験や宿題におわれる学生が集まるぐらいだろう。

つまり、図書館はいつものように静謐(せいひつ)な時を過ごしていたのである。

受付に座る原瀬光子も『ウォーターシップタウンのうさぎたち』に目を落としていた。彼女は二六歳。大学を卒業して、すぐにこの仕事に就いた。

窓ガラスごしに射しこむ初夏の陽射しが、時間が止まったような錯覚を感じさせる。

彼女は穏やかな職場の、穏やかな職務を堪能していた。そのドアが、開くまでは。

普通より何倍も大きな音をたて、ドアのノブが回った。

不自然なほどの大きさに、光子が座ったまま身をすくめる。

ドアは勢いよく押し開かれ、金髪に濃紺のスーツを着た男が入ってきた。

「！」

光子はすくめた身を強張らせた。男は、この平穏な仕事の中の、たった一つの違和感だったからだ。

「彼のすることには一切口を挟むな。関係するな。空気だと思って、見過ごせ」

仕事に就いた時、上司はそう言った。

しかし空気と思うには、男は目立ちすぎ、騒々しすぎた。空気と同じものがあるとするならば、軽さぐらいのものだろう。

「ハァーイ！　ミツコ！」

向こうから声をかけてきた場合は、どう対処すればいいのだろう？　光子は彼に話しかけられる度に悩むのだが、いつも上司に答えを聞き忘れてしまう。

ずけずけと受付に歩み寄ってきた金髪は、懐から一冊の本を取り出した。

題名は『クリスマス・キャロル』。前回彼が来た時に、借りていった本だ。

「おもしろかったです。勧めてくれたあなたに、感謝です」

金髪は、碧眼で光子にウインクを投げかけた。

光子は、こくこくと無言で頷く。彼女なりに考えた、対応の仕方がこれだった。

「さぁて。今日はなにを借りていこうか」

そらぞらしく身を翻す。ふと気づくと、手には大きなスーツケースが握られていた。

「ここは品揃えがいいんで、今日も迷ってしまいそうですね」

誰あてでもないつぶやきに、数少ない利用者が眉をひそめる。

しかし金髪はそんな雰囲気を毛の先ほどに察することなく、本棚の奥へ消えて行った。

「…………………」

受付の光子は、背後にある貸出カードの整理棚から、『クリスマス・キャロル』のカードを引っ張りだした。

カードの一番下に、金髪の名前が記してある。

彼の名前を見る度に、光子の中に疑問が生まれる。

そこにはただひと言、『JOKER』と書いてあるからだ。

偽名にも、本名にも思えない名前だった。

ジョーカーは、本棚と本棚の間を進んでいた。

彼のホームグラウンドである大英図書館とは、無論規模においても設備においても比べものにならない。

しかし、周囲を取り囲む本がかもし出してくる芳香、空気といった類は変わらない。

ジョーカーは、その空気が好きだった。その空気の中で働けることを、幸福に思っていた。

最奥部、壁ぎわの本棚に到着する。この辺りまで進むと、もう受付からも利用者の机からも死角となり、彼の姿は見えない。

『医学・薬学』と分類分けされた棚から、『悪性腫瘍の平和利用』という本を取り出し、裏表紙をめくる。

そこには、紙のポケットが貼りつけられ、貸し出し用カードが差し込まれている。

しかしカードには、誰の名前も書かれていない。

つまり、図書館創設以来、誰にも貸し出されていないことになる。

それでいいのだ。この本の存在理由は、別のところにあるのだから。

ジョーカーは、白紙に近いカードを抜き取った。本を元の位置に戻し、少し歩いて『科学・化学』の本棚に移動する。

『実録・相対性理論』と『明るい化学反応』。もう何年も手にとられていないであろう、二冊の本の間に、カードを差しこむ。

上から下へと滑らせる。カードが棚の板に触れた瞬間、カチリと小さな音が聞こえた。

「…………………………」

本棚から一、二歩下がる。まもなく、驚くほど静かに本棚が回転を始めた。

中心を軸にして、左側が通路に出てくる。当然右側は同じ角度だけ壁にめりこんでいく。ほどなくして、壁の向こうに通路が出現した。ひと昔前、いやふた昔以上前のサスペンスやホラーなどでお馴染みの、秘密の入口だ。

ジョーカーはそれを、やや気恥ずかしそうな顔で見つめる。

「……やはり、趣味なんですかねぇ。さすがにギャップを感じてしまいますが」

しかし文句を言ってばかりもいられない。

白い壁で囲まれた通路に、ジョーカーは身を潜らせた。

それを確かめたように本棚は、再度回転を始める。今度は、通路を塞ぐべく逆方向に。

図書館のほうから、足音が聞こえてきた。

規則的なその音が大きくなり、棚の陰から光子が顔を出す。

一瞬前に、本棚は回転を終えていた。初夏の陽射したちこめる通路は、写真のように普段と変わりない。

通路を見渡すが、求める姿は見当たらなかった。

「…………………………」

一列一列、見通しながらここまで来たのに……。

光子は陽光の中、魔法にかけられた気分で、首をかしげた。

通路は白一面の壁でできている。

長さは約二五メートル。緩(ゆる)やかな下り坂で、高低差は三メートルほどだろうか。ジョーカーは意識して靴音(くつおと)を立て、歩を進めていく。

一見、なにもない通路に思えるが、壁や天井には三ケタを越える数のカメラとセンサーが埋まっている。

面相に容姿に動作パターン、眼紋に服装バリエーション、身長、体重、あらゆるデータがチェックされ、その数値が一定誤差内におさまると本人と認定されるのだ。無論、おさまらない場合はこの通路から出ることなく、それなりの〝処理〟を受けることになる。

ジョーカーは口笛を吹きながら、通路の行き止まりに到着した。壁にはノブの無いスライド式のドアが見える。

どこからともなく、放送が聞こえた。

『博士の異常な愛情』

合言葉だ。同時に声紋(せいもん)を照会する役割も果たしているのだが。

「または私は如何(いか)にして心配するのをやめて水爆を愛するようになったか」

ジョーカーが返答すると、白い壁は二つに割れ、彼を中へと迎え入れた。

彼の、職場へと。


吹き抜けの、広い部屋だ。

しかし実際の広さを感じさせないほど、空気は熱気と喧騒(けんそう)に満ちている。

プレートやガラスで区切られた各セクションのブースからは、スタッフが激しい入出を続け、途切れることが無い。

半円形に、何百と置かれたモニター。その中央で、男が絶えず左右に半回転を繰り返すチェアーに座っている。画面に映し出されているのは、彼らの傘下(さんか)にある書店だ。時折男は、頭に装着したインカムに指示を出している。万引きをはじめとする、書店内犯罪の監視をつとめているのだ。尋常(じんじょう)ならざる視力は、文庫本一冊の万引きも見逃さない。

巨大な世界地図のパネル。各国に表示された数値が、分刻みで変わっていく。航空、船舶(せんぱく)、陸送、あらゆる手段でやり取りされる輸入出本のデータだ。空港、港湾、駅、税関から可能な限り収集された記録が随時(ずいじ)このパネルに集められ、それは国家間のブックバランスを把握(はあく)するのに役立っている。

広大なテーブルに設計図を広げた男たちが、南極基地職員のための書店進出を真剣に論じている。

ブースとブースの間を、台車が行き交う。ミッションの資料本、押収された非合法本、世界じゅうの新刊、そして書類の束。スタッフたちは山と積まれた紙の中から必要なものをつかみ出し、新たに必要となったものをメモに書きこんで付属のポストに放りこむ。

ここに世界じゅうの本に関するデータが集い、スタッフがそこから発生する事態に備えて行動を起こしているのだ。

彼らのスローガンはこうだ。「世界中の本に平和を。世界中の本を悪用する者に鉄槌を。そして全ての叡知を英国に」

そう、ここがジョーカーが全てをかける職場。

大英図書館特殊工作部、その日本支部だ。

緩んでいたネクタイを締めなおし、ジョーカーは足を踏み出した。

日本支部だけあって、すれ違うスタッフにも東洋系が多い。しかしその誰もが、ジョーカーを見ると「あ」と顔から緊張を解く。

それは、彼がこの島国に幾度となく訪れ、ミッションに参加しているからである。

日本は、亜細亜圏で最も出版が盛んな国だ。世界の本情勢を把握するには、この国から目を離すことはできない。そういう意味で、特殊工作部としても大きな力を割いているのだが、どうも当の本人たちは自覚が薄いらしい。

この国の、出版業界の煩雑さは目を覆わんばかりだ。それにつけこんで、様々な国、人種の組織が横行している。

ジョーカーたちの任務は、そういった事態を改善していくことにある。

〝大きなお世話だ〟との声も少なくないが、対岸の火事は放っておけば必ず足元に燃え移る。それを黙って見ているほど愚かなことはない。

それに、ことが本に限らずとも、彼の〝主人〟が事態を放っておくはずがない。主人は誰よりも、世界の平和を望む人間なのだから。

ジョーカーの足は、奥まった場所にあるドアの前で止まった。他と同様にガラスで仕切られているが、そのガラスには変色鉱物が混ぜられているため、中を窺うことはできない。濃いコーヒーにも似た暗さがあるだけだ。

演技にも見えるほど優雅な手つきで、ドアを叩く。

「入れ」

きわめて短い答えが返ってきた。

「失礼します」

言葉だけで、ドアが開いた。

楕円形のテーブルに、十数人の男が座っている。年齢、人種は様々だ。だが皆、目に一筋縄ではいかない光を湛えていた。

入口から最も遠い、部屋の奥に、大きな背もたれを向けて巨大な椅子が置かれている。位置関係からして、椅子の主が部屋の権力者であることは間違いない。

男たちは、入室と同時にジョーカーへ厳しい視線を投げつけてきた。必ずしも敵意がこもったものではないが、必要以上の善意も感じとれなかった。

ジョーカーはそんな視線を空気のように無視し、背もたれに声をかけた。

「ミッションのご報告に参りました、ミスター・ジェントルメン！」

背もたれがゆっくりと回転する。

小柄な老人の姿が現れた。

皺に埋もれた顔、骨に皮が貼ってあるばかりといった細身の身体。紳士らしいスーツを着てはいるものの、蠟人形のような不健康さは隠しようもない。

ジェントルメンは、膝の上に載せていたぶ厚い本から顔を上げ、

「……ジョーカーか」

細い手で、それを机の上に置いた。今にも腕が折れるのではないかと、テーブルの男たちのほうが緊張の色を見せる。

「なにをお読みですか？」

「新刊だ」

声に、わずかだが張りが感じられる。どうやら著者は、彼を感嘆させることに成功したよう

だ。

「……若い者は、いい」

「はぁ？」

皺に埋もれた目が、細かく震えている。

「……この新人は、大家になる」

ジョーカーは、本の表紙に目を落とした。

アーネスト・ヘミングウェイ著『TRUE AT FIRST LIGHT』（『ケニア』）の文字が目に入った。

「お言葉ですが、ヘミングウェイは一九六一年に死去しています」

穏やかな沈黙が流れた。男たちは皆、ことのなりゆきを見守っている。

「新刊、と書いてあったぞ」

「未刊行だったのです」

「そうか……」

ジェントルメンはさして気まずいふうもなく、かくかくと顎を振った。

「最近、新聞を読んでいなかったからな。惜しい新人を亡くしたものだ」

「ピュリッツアー賞とノーベル賞を取っているので、新人と言うにはいささか語弊があるかと」

「いつのノーベル賞だ？」

「一九五四年です」

「選んだ記憶はないがなぁ……」

ジェントルメンは、脳の底をさらう顔になった。しかし膨大（ぼうだい）な人生の霞（かす）んだ記憶の中には、その名は見つけられなかった。

「まあ、ヘミングウェイの話はとりあえずおいておきましょう」

ジョーカーは改めて、テーブルの端にスーツケースを置いた。ジェントルメンのみならず、全員が注目する。

視線をじゅうぶんに堪能（たんのう）して、ジョーカーはケースを開いた。

緩衝材（かんしょうざい）に包まれた『黒の童話集』が姿を現す。ほぉ、と声にならない息が漏（も）れた。

「ようやく修繕（しゅうぜん）が終わりました、『黒の童話集』です。盗難時と塵（ちり）一つ変わっていません。大英図書館修復部が二ヶ月がかりで、完璧（かんぺき）に仕上げました」

ジョーカーはうやうやしく本を手に取り、テーブルを回ってジェントルメンの元へと運んで行った。迷子（まいご）を、親に届けるごとく。

ジェントルメンは、懐かしいものを見る目になって、それを受け取る。

「よく戻ってきた……」

愛しげに、細い指先でページをめくっていく。

動作の一つ一つに、大きな感慨がこもっていた。

「〝ザ・ペーパー〟が役にたってくれました。」

「ザ・ペーパー？」

ジェントルメンは、再度脳の中をさらって、記憶の縁にひっかかっていた名前を探り当てた。

「ああ、ドニーか」

「いえ、今は読子です。読子・リードマン」

軽かったジョーカーの口調に、ほんのわずか硬いものが含まれる。

「そうだったか？」

「はい」

「ヨミコ……懐かしいな」

「久しぶりの任務で、本人もやる気になっていました」

その言葉は方便だ。読子がやる気になっていたのは、ひとえに稀少本がからんでいたためである。

「もう、ハイスクールは出たのか？」

「読子は現在、二五歳です」

「そうか……」

ジェントルメンとの会話はとりとめが無い。ジョーカーの知る限り、この老人はもうずっと変わらない。初めて会った時から老人のままだ。齢は幾つなのか、おそらく本人にも自覚はないだろう。

膨大な記憶はいつしか、彼の脳で混沌と混ざりあっている。

「ミスター・ジェントルメン。今回の成果からもわかるように、ザ・ペーパーは比類なき任務遂行能力の持ち主です。我々が直面している問題を解決するには、彼女という人材が欠かせません」

「なにを言ってる!」

男の一人が大声を出す。ジョーカーの言葉が、報告からアピールに移ったのを聞き逃せなかったのだ。

「レポートは読んだが、たかが女の紙細工師だろう！　そんな細腕に、計画を委ねるわけにはいかん」

「かと言って……」

ジョーカーは、男の服装から素性を読み取り、答えた。

「英国海軍が出てくれれば、ことは大事になりますよ。発覚した場合、国際問題になるのは必至です」

男がうっと口をつぐんだのを尻目に、ジョーカーはジェントルメンに向き直る。

「わが特殊工作部のエージェントには、幾つもの利点があげられます。一つ、チームを最小人数で構成できる。二つ、どこから見てもエージェントに見えない。三つ、いざという時の〝処理〟が容易に行える。それになにより……」

ここで一つ、呼吸を置く。

「こと〝紙〟に関する任務においては、彼女以上に優れた者はいません」

「ふむ」

皺の海で、ジェントルメンの眉が動いた。

「先程ミスターがお間違えになったように、ザ・ペーパーは先代と代替わりを致しました。しかしその情報は、まだ知れ渡ってはおりません。これも任務遂行の大きな手助けとなるはずです」

「意見する」

銀髪の男が、わざとらしく手をあげる。

「君は美点ばかり述べているが、それではセールスマンとかわらないよ。彼女が有能だということは知っている。ほんの四カ月にしろ、私は彼女の上司だったのだからね」

ジョーカーの眉に敵意がこめられた。銀髪の男は英国諜報部、通称ＭＩ６だ。

「彼女は有能だ。しかしそれを大きく超越する欠点を抱えている。その欠点が、今回マイナスに働かないと私には思えないね」

「ご心配、恐れ入ります。しかし我々は、なにも彼女一人に任務をまかせるつもりではありません。私をはじめ、有能なスタッフがサポートいたしますので。過去の轍を踏むつもりはありません」

言外に無能呼ばわりされて、銀髪の眉間に皺が寄った。

「それにこう言っては失礼かもしれませんが、諜報部の方々は面が割れすぎている」

ジョーカーの追い打ちに、空気が険悪の色合いを濃くしていく。

それを緩和するかのように、テーブル上のミニパネルが点灯した。

ジェントルメンが、その上に指を置く。

「私だ」

「会議中、失礼いたします。ＢＢＣが放送を開始する、と連絡を寄越しました」

「点けろ」

ジェントルメンのひと言で、会議は中断された。壁の一面が白く、鈍い光を放つ。ほどなくしてそれは、巨大な画面となった。

ＢＢＣの女性キャスターが、番組が海外レポートのコーナーにさしかかったことを告げた。

『ではここで、海外のニュースです。日本でまもなく、新しいブックストアがオープンしようとしています。このブックストアは地上四〇階、地下六階の超大型店舗で、総在庫は約八〇〇〇万冊。開業すれば、世界最大のブックストアとしてギネスブックに認定されます』

「これは?」

男たちの一人が、怪訝な顔を見せる。

「本屋開店のニュースです」

「たかが本屋の開店に、なんでBBCが?」

「内容がよく聞こえませんでしたか? 開店するのは地上四〇階、地下六階の世界最大の本屋なのですよ」

ジョーカーの言葉に、場は少なからず色めきたった。普段、本と関係の薄い職場にいても、地上四〇階の巨大本屋というフレーズにはインパクトを覚えたようだ。

「八〇〇〇万冊か……多いな」

ジェントルメンの声にも、やや活気が増えた。年老いても、本がらみの話題には興味を隠せないのだ。滅多に英国を離れない彼が、わざわざ来日しているのも、このためなのである。

「日本人は世界一が好きですから。それが質ではなく、量といった面に走りぎみなのは多少安直に思えますが」

「これだけ読書人数と出版点数の比率差が大きい国も珍しいからな」

「まあそれだけ、各個人が熱心なのでしょう。だから読子のような人材もうまれてくるのですよ」

勝手な二人の批評をよそに、画面は話題を進めていく。

『日本から、ブッシュ・ランバートのレポートをどうぞ』

画面がきりかわり、巨大なビルの前にマイクを持った男が現れた。画面の端に『LIVE』の文字が表示されている。男は必要以上にいかめしい顔を作り、口を開いた。

『『創世記』に出てくるバベルの塔は、神に挑戦する人間の愚かさを表すために、よく引き合いに使われます。しかしここ、極東の国日本。人口の九割以上がブッディストの国で、新たな神への挑戦が行われようとしております。ご覧ください』

ブッシュの言葉で、カメラがビルを仰ぎ撮る。

ビルの側面が、天を切り取らんばかりの角度で画面を塞ぐ。必要以上に強調された巨大さが、画面からも伝わった。

『地上四〇階、地下六階。巨大ビルとしては珍しくありませんが、この中の全てに本が詰まっているとしたらどうでしょう。軽い目眩すら覚えます』

ブッシュはビルの外周を歩きながらレポートを続ける。

『この、常識外れの書店の名は『バベル・ブックス』。悲劇的な結末を想像せずにはいられない名前です』

レポーターの皮肉まじりの口調に、男たちも自然と口の端が緩む。

『書店としては無論史上最大です。この常識はずれの書店開業に活躍したのは、日本の娯楽業界でも風雲児と知られる毒島渚氏。芸能プロダクション経営、映画プロデュース、ゲーム制作など、エンターティメント分野において多方面でも活動を見せる氏が、ついに出版のジャンルに進出してきたと、業界は少なからず関心を寄せています。もっとも、現在の彼にはまた違った意味でのニュースバリューがあるのですが』

思わせぶりに言葉を刻み、腕時計に目を落とす。

『あと三〇分、日本時間の午前一一時にこの書店は開業しますが、今日という初日をより印象的なものにするために、ビルの中では様々なイベントが予定されています。一つはナルニア国皇太子の蔵書から借り受けた、秘蔵コレクションを一般展示。一つは人気作家一〇〇人による合同サイン会。そして一つは一〇〇万冊が動くと言われる超巨大古本市。どれを取っても、愛書家の興味をひかずにはいられないビッグイベントです』

ブッシュの後ろを流れる壁、その中のショーウインドーには彼のコメントを裏付けるイベントの告知ポスターが貼ってある。

そしてその下の壁ぞいには、お世辞にもファッショナブルとは言えない男たちが座りこんでいた。彼らは、アスファルトのタイルに新聞紙を敷き、本を読んだり携帯ゲームで時間をつぶしている。

『開店前から、ビルを取り囲むように長蛇の列ができています。彼らの何%かは数日前から泊まり込みで並んでいるということです。日本人は世界で最も行列の好きな民族ですが、それを知っていても驚きを隠せません』

ブッシュの口調には、わずかながら非好意的なニュアンスが感じ取れた。

それでも彼は職業意識の塊（かたまり）のような足取りで、行列の先頭へと向かう。

行列が先頭に近づくにつれ、男たちのかもし出す雰囲気（ふんいき）も濃いものと変わっていく。

寝袋が目につくようになり、簡易的なテントまで設営している者もいた。

画面からは伝わらないが、嗅覚（きゅうかく）にも訴えるものがあるのだろう。ブッシュは眉（まゆ）の間に不愉快なサインを刻んだ。無論、知人以外には気づかれないように。

『まもなく、行列の先頭です……むっ？』

ブッシュは、先頭付近で呻（うめ）きと共にその歩を止めた。

視界に、意外なものが飛び込んできたからだ。

広大な正面入口脇、行列の先頭にいたのは、男ではなかった。女だった。つけ加えるならば、若い女だった。さらに詳細に言うなら、少女と言ってもよかった。

寝袋に下半身を突っこんだ少女が、壁に背をもたれて眠っていた。

耳にはMDウォークマンのイヤホンを詰めている。地面に敷いたシートの上には、スナックの空袋やペットボトルも見受けられた。夜間に羽織（はお）る衣類でも入っているのか、傍（かたわ）らには大きな布袋も置いてある。

『これは意外です。栄（は）えある一番乗りを果たすのは、どうやらティーンエイジャーの少女のようです』

大げさに額に手を当て、ブッシュは驚いたふりをする。

『ではここで、少し彼女にインタビューをしてみましょう。モシモーシ』

最後の呼びかけは、日本語で行われた。在留期間も長いせいで、ある程度の会話なら難なくこなせる。

「…………」

しかし彼女から帰ってきたのは、沈黙だった。

ブッシュは不躾（ぶしつけ）かと思ったが、彼女の耳から静かにイヤホンを抜いた。流行しているらしいロックサウンドが、こぼれてくる。

『もしもーし』

「んにゃっ？」

再度の呼びかけに、少女は猫科の言葉を返してきた。それは返答ではなく、起き抜けの反射であったが。

『ちょっと、お話を伺（うかが）えますか？』

少女の目が、じわじわと焦点を絞（しぼ）っていく。思考の回転速度が上がり、自分の置かれた状況を把握（はあく）していく。

「…………誰？」

『ＢＢＣのレポーターです』

「BBCぃぃ?・」

『バベル・ブックス開店一番乗りを果たすあなたに、少しばかりインタビューをしたいと思いまして。いったい、いつから並んでるのですか?・』

少女はそれなりに事態を把握したのか、ブッシュの顔を見返してくる。

「私、一番じゃないよ」

その口からは、意外な答えが返ってきた。

『は?・』

「私、ついて来ただけだから」

『ついて来た? 誰にですか』

少女は、自分の傍らにうず高く積まれた新聞の山に声をかけた。

「センセ！　センセってば！　もう朝になってるよ！　起きて！」

少女のアクションで、山がガサガサと動いた。

ブッシュは怪訝な顔で、紙の山を見つめる。

「んあぁぁ〜〜〜〜。……あと五ページ……」

意味不明の呻きが返ってくる。声質から判断すると、女性の声だった。

「センセに話聞きたいんだって、ほら！」

少女は乱暴に、『タイガース新助っ人は宇宙人!?』と見出しの書かれた新聞を払い落とす。

白いシャツが、その下から現れた。

「んあぁぁぁぁ〰〰〰〰」

プロ野球、サッカー、競馬に芸能記事を押しのけて、メガネをかけた女性が身を起こしてきた。寝グセだらけの髪に、皺まみれのシャツ。

大きなメガネの下には、まだ覚めきってない目がうろうろと動いている。その頰には、〝淫乱女教師〟の鏡文字が読める。フトン代わりにカブったスポーツ新聞の見出しが映っているのだ。

古新聞の山から目覚めた眠り姫は、ぶるぶると顔を横に振った。

少女よりは年上だろうが、垂れ気味の目が印象をずっと若くする。

「菫川先生ったら、ひどいじゃないですかぁ……」

泣きかけのような表情で、少女を見つめる。

「なにが？」

「せっかく、推理小説読んでたのに……」

「寝てたじゃん」

「夢の中で、読んでたんですぅ。あと五ページで、犯人がわかりそうだったのに……」

恨みがましい口調の抗議も、少女はあっさりとはたき落とした。

「センセったら、寝てまで本読むことないじゃん。夢の中でまで目が悪くなっちゃうよ」

「あうう、ゲンズブールが死んだ部屋のトリックがわからないぃぃ……」

女は頭をおさえ、左右に激しく振った。心残りを目いっぱいカラダで表現している。

「はいはい、悪かったって。でもね、お話聞きたいって言ったのは、この人だから」

少女はビシ！　と擬音すら聞こえそうな仕種で、ブッシュを指さした。

女はむー、と口を曲げて彼を睨みつける。

「恨むんだったらこの人恨もう、ね」

話題の矛先が自分に向けられて、ブッシュは少なからず狼狽した。

しかしそれより早く、彼の職業意識が頭をもたげてきた。

『し、失礼しました。ミス……』

女は、まだ不機嫌の残る顔で答える。

「読子です。読子・リードマン」

様々な角度にハネ曲がった髪、まだ焦点のあってない目、顔の周囲にほわほわと寝ぼけた空気を飛ばしつつ、読子・リードマンの顔が全英に放送された。

「読子！」

「ザ・ペーパー!?」

騒然としたのは、ジョーカーとその場にいた者たちだった。

東洋人にしても珍しいその名を、彼らが聞き間違えるはずもない。一同は今、画面にアップで捉えられ、目をぐしぐしと擦って(こす)いる女が、たった今まで話題に上っていた〝有能な〟エージェントだと知ったのだ。

ジョーカーも、さすがにあんぐりと口を開いていた。

現役(げんえき)のエージェントが、TVの生中継に素顔で出演し、本名を語ったことなど前例が無い。つい先ほどまで、ジョーカーは読子の素性(すじょう)が確認されていないことを武器にしていたが、それがほんの数分で無効化されてしまった。

「なんだ、あの女は！」

「エージェントの自覚が無いのか!?」

たちまち沸き上がる非難と抗議の竜巻に、ジョーカーは無言で答えた。

指を額に当て、さも心外だというポーズを取った。実際、そうするしか無かったのだが。

急ぎの用、とはこのことか。なるほど、開店前から泊まり込まなければ、行列の先頭には並べない。

考えてみれば、彼女がこの『バベル・ブックス』開店に駆けつけるのは容易に予測できる事態だった。

古書市にサイン会、稀覯本(きこうぼん)の展覧会。サマーバカンスが始まった子供が、遊園地に引き寄せられるようなものだ。

しかしそれにしても、問いただしておくべきだった……。

苦悩するジョーカーの横で、空気の漏れる音が聞こえた。よくよく聞くと、それはジェントルメンの笑い声だった。

「なるほどなぁ、あれが読子か、ふしゃははは……」

ジェントルメンは、画面を見つめて愉快そうに笑う。

「昔とまったく変わってない」


画面では、ブッシュによるインタビューが続いている。

彼は、史上初の現役エージェントへのインタビューに成功しているのだが、TVの前の視聴者と同じく、その事実に気づいていない。

『あなたは、いつから並んでるのですか？』

「み～……三日前、ぐらいでしょうか？」

首をかしげて答える読子に、ブッシュは大げさに声をあげてみせる。

『三日!?　……失礼ながらその間、食事は？』

「あ、あたしが買ってきましたー！」

横から元気よく手を上げ、少女が身を乗り出してきた。

『あ、ああ、それはご苦労さま』

もしもブッシュがもう少し、東洋系の顔を見分けることができたら、この元気のいい少女の正体もわかっただろう。彼女が今から二ヶ月ほど前、誘拐されて話題となった人気作家、菫川ねねねだということに気づいたことだろう。

しかし彼の関心、あるいは職業意欲はもっぱらメガネの女、読子・リードマンのほうに向けられてしまう。

『一番に入店して、まずどこを回る気ですか?』

「あうー……。まだ、実は悩んでるんです……。サイン会に好きな先生はいるし、古本市も早く行きたいし、コレクションも見たいし……」

『なるほど。あなたはよほど本が好きなのですね』

なにげない質問で、読子の顔がぱぁっと輝く。長所を褒められた子供そのものに。

「はいっ。私、本が大好きなんです」

寝癖だらけの頭、新聞のインクがこびりついた顔、そしてヨレヨレのシャツ。それでもその時だけ、読子は魅力的に見えた。少なくとも、ブッシュはそう感じた。

『今日一日が、あなたにとっていい日であることを願っています。しかしそれにしても、三日も欠勤とは寛容な職場ですね。失礼ですが、ご職業は?』

「はいっ」

言葉を続けようとして、読子の口許がこわばった。

どうやら自分の立場と現在おかれている状況の関係が、正しく認識できたらしい。

顔面の上から、さっと色が落ちていく。

「……ひ、非常勤教師をしておりま……す」

『先生ですか。すると、もしや』

ねねねが笑顔で、答える。

「そうっ！　私の先生！　元、だけど」

『では、今は？』

「……無職、です。教師の口が無くて……」

ブッシュはさも同情したように、肩をすくめた。

『再就職先が決まることも、願っています。どうもありがとうございました』

「いえ、とんでも……」

ぺこぺこと頭を下げる読子に背を向け、ブッシュは問題の多いレポートをしめくくった。

『以上、開店前のバベル・ブックスからブッシュ・ランバートがお送りしました』

BBCの画面は、スタジオのキャスターに戻った。

だれからともなく、大きなため息が漏れる。

「あれが彼女の欠点だ」

舌の上に皮肉を乗せ、口を開いたのは例の銀髪だった。

「自分の趣味がからむと、冷静な判断力を失う。いいか、彼女は爆弾解体の演習中に、解体手引き書に読みふけっていたんだぞ」

「それだけ任務に慎重なのです……、という意味でご納得、いただけませんか？」

ジェントルメンが手を振って、口論に発展しそうなところを打ち切る。

「まあいい」

その場の全権が誰にあるのか、今一度彼らは確認した。

結局、この老人の判断で任務は変わるのだ。

「時間はまだある。もう一度、各セクションの担当者から意見を聞こうじゃないか。この任務にどんな作戦で取り組み、どんな人材を用意し、どう成功を収めるつもりなのか」

ジェントルメンは、自分とほぼ対になる空席を指さした。

「おまえも、席につきなさい」

ジョーカーは軽く礼をして、指示された席に向かった。

それは文字通りの、末席だった。

「あぁぁ～。どうしよう。怒られるかもしれません」

「なにがぁ？」

新聞を折り畳みながら、ぶつぶつと読子がつぶやく。ムースで軽くヘアーを整えながら、ねねが答える。

「さっきのインタビューです。私、ああいうのに出ちゃあ、いけないんです。たぶん」

「なんで?」

「なんでって……やっぱり、顔とかバレたら、困るじゃないですか。ああ、怒られちゃうかも……」

まだ見ぬ叱咤に憂鬱な気分があふれる読子だった。しかしそんな心中を知らずに、ねねがずい、と身を乗り出してくる。

「ね、誰に怒られるの?」

「あう……」

読子は自分の言葉が、彼女の好奇心を余計に刺激したことを悟り、白々しく視線を逸らした。

「それは秘密です……」

ねねはいきなり、両手の指先で読子の頬をつまんだ。

「んまっ」

予想外の攻撃に、読子が思わずへんな声を出す。

「私たちの間で、秘密っていうのは、ないんじゃない?」

「わらひらの、あいらって、なんれすか〰〰」

抗議も無視し、ねねねは読子の頬(ほお)をぐにぐにともてあそぶ。

「ひらい、ひらいでふ〰〰」

「うわ、なんかすっごいのびる〰〰」

しばらく遊んだ後、ねねねはようやく指を離した。

「ま、いいわ」

「うい〰〰」

じんじんと赤い両頬をおさえて、読子が泣きそうな声を出す。傍から見ていると、どっちが年上なのかわからない。

「あの……菫川さん……」

「なに？」

ねねねはスナックの空き袋などを、まとめてゴミ袋に放り込む。

「学校、行かなくていいんですか？　今日は平日だし、もう始業時間じゃ……？」

「あ、学校？　休学届出してきたから」

「ええぇぇっ!?」

あたふたと手を振り回す読子に対して、当のねねね自身は涼しい顔だ。

「私、どっちにしても仕事であんまり行けないし。それに……」

自分に向けられた微笑(ほほえ)みに、読子の背をいやな予感が上ってくる。

「これからしばらくは、先生を追っかけまわさないと」

「どうしてぇ?」

「だって先生、正体不明なんだもん。ダイエーなんとかってのも、教えてくんないし」

「それは、その……」

読子は指の先を突きつけあわせて、困った顔をつくる。

「人にはそれぞれ、事情というものが……」

「だからその、事情をつきとめたいの。ふふっ」

読子は、ねねねの好奇心が自分を標的にしたと悟り、心の中で涙を流した。

だばだばと。


二人が行列の先頭で、そんな会話をしている頃。

入口に向かう道を、一台のリムジンが滑るように走ってきた。

止まり、ドアが開くと同時に、待機していたカメラとマイクが押しかけていく。

車内から姿を現したのは、スーツにスリムな身を包んだ男だ。

長身に彫りの深い顔、歳(とし)の頃は四〇にさしかかったぐらいだろうか。

左目にアイパッチを当てているが、それはこの男のキャラクター性をかもし出すのに一役かっている。どんな過去があったのか？　そんな事情を想起させる小道具だ。

男は歩くだけで、強烈なカリスマ性を周囲にまき散らしている。

そして彼自身も、自分の備え持った魅力に気づいているようだった。

開店間際の正面入口前に立ち、改めて報道陣に振り返る。

「ようこそ、皆さん！　バベル・ブックスの開店に！」

この男こそ、本店のオーナー毒島渚。

音楽、映画、演劇、イベントと様々なメディアの舞台に顔を突っこみ、強引にも似たやり口で業界をひっかき回していく異端児である。

大言壮語（たいげんそうご）と派手なパフォーマンスは確かに人目を引き、彼の手がけた作品で業界は瞬時活性化するのだが、それに比例して人気が落ち込むのも早い。

ことに、昨年手がけた映画の失敗はかなりの痛手だったらしく、負債（ふさい）を背負い込んだとの情報もあり、ワイドショーのレポーターに追いかけされている。

このバベル・ブックスにおいても、彼は総合プロデュースとして名を連ねている。報道陣の興味は、もっぱら書店より彼のほうに向けられていた。

人生の晴れ舞台を迎えた男に、花束ならぬマイクが寄せられる。

「毒島さん、負債の返済についてひと言！」

「出演女優の複数とスキャンダルが取り沙汰（ざた）されていますが⁉」

毒島は、形のいい眉をしかめて、およそ祝福には似つかわしくない質問を無視した。

「これだけ巨大な書店を作ろうと思った理由は、なんですか？」

プライドを傷つけない質問を耳ざとく選びだし、顔を向ける。

「本は壁画、石板を除く人類最古のメディアであり、かつ最強のメディアです。だがしかし、わが日本は世界有数の出版大国でありながら、読書人口は減少する一途です。そこで、現状の活性化に一役買うべく、このビルを建造いたしました」

せいぜいな美辞麗句を、カメラ映りを意識した顔ぶりで述べたてる。

しかし彼のこれまでの活動と、この巨大本屋の建造というギャップに違和感を覚えるレポーターたちは、なんとか裏にある本音を聞き出そうとくらいつく。

「インターネットがこれだけ普及した時代に、いささか見当外れでは？　との意見も」

「インターネット？　ハッ!?　インターネットは確かに便利ですが、まだまだ欠点も多いメディアです。ネット犯罪は増加する一方だし、ウイルスへの対策も完全ではない。我々は、繋がっていることについての恩恵も受けていますが、それ以上に繋がっていることへの恐怖に向き合わねばならない。私は本というメディアで、今一度パーソナルな情報、知識の習得、個性の再構築というテーマを訴えていきたいと思っていますよ」

つらつらと流される回答は、まるで質問を予測していたかのように流麗だった。

「ナルニア・コレクションの発表、展示においては、どういうルートで？」

ナルニア・コレクションとは、愛書家で知られるナルニア国の皇太子が世界から集めたと言われる稀少本の数々である。国外に運ばれ、人目にかけられるのは今回が初めてということで、開店イベントの目玉とされていた。

「皇太子とは、私が以前、ナルニアに留学していた時から懇意にさせていただいてます。今回も、惜しみない協力をいただけて感謝にたえません」

おお、という声が漏れた。毒島はコネクションだけを頼りに活動している男だが、その一環にナルニア国皇太子が加わっていたとは驚きだった。彼の言葉をそのまま受け止めれば、の話だが。

「ああ、噂をすれば影、ですな」

回転翼の音と、影が空から降ってきた。見上げると、輸送ヘリがビルの屋上に着陸を決めようとしている。

「こんなギリギリになるなんて。セッティングがたいへんだ」

「あれは、ナルニア・コレクションの輸送ヘリですか？」

「そうです。なにしろ数が多く、届いたのも先日ですからね。ヘリと陸路を両方使わせてもらいました」

あるいは、演出じみたものがあるのかもしれない。少なくともハッタリ的な効果はある。

レポーターの中から、ひときわいかつい男が身を乗り出した。

「古来、物語世界において『バベル』と名前がついたものは、最後には神の雷に滅びますが、その点はいかがでしょうか？」

異なるカラーの問いを投げてきたのは、ブッシュだった。

それが周りよりは知的な質問に思えたのか、毒島はやや好意的な笑みを浮かべた。

「失礼ながら、それは誤解というものです。今回、私が由来を求めたのは、別に『創世記』に登場するバベルの塔ではありません。読書好きなら、もう一つ有名なバベルがあるのですよ」

「それはいったい……」

質問を遮り、毒島は一台のカメラに目線を飛ばした。

「TVをご覧の皆さん、あなたが抱く〝本〟のイメージはなんですか？　本、それは最も安価で最も親しまれている文化の友です。ここにはあなたがこれまで夢想したことすらない、想像を絶する本が揃っています。ぜひ、その目で確かめてください」

芝居がかった口調でアピールする。だがしかし、彼のカリスマ性をバックにすれば、それなりに見られるものだ。

「さて……」

毒島はカメラから、行列のほうに目を向ける。

「どちらへ？」

「お客様に、あいさつを」

言うが早いか、彼は颯爽と歩きだした。

開店を今か今かと待ちわびる、行列客に向かって。


「センセ、あれ」

「はいぃ？」

新聞紙を畳み、スーツにしまった読子は、ねねねがちょいちょいと指さす方角に目を向けた。

はたしてその方からは、にこやかな笑みを浮かべた毒島が近づいてくる。バックに、多大な報道陣を従えて。

「ひぁっ！」

読子は一瞬逃げようとしたが、三日間泊まりこんで獲得したポール・ポジションを失ってはと、すんでのところで思い止まった。

そんな彼女の逡巡も知らず、毒島が目の前にそびえ立つ。

「ようこそ、お嬢さん」

「は、はあ……」

お嬢さんと呼ばれる歳でもないのだが、読子は素直に差し出された手を握った。自然と、握手の形になる。

たちまち二人を、記者のカメラとレポーターのマイクとＴＶのカメラが取り囲んだ。

（あああ、ヤバい、ヤバい、ヤバいんですぅぅ……）

読子の心中のうろたえは、あうあうという口の開閉と、奇怪なダンスにも似た腕の振りとなって表れた。

「わがバベル・ブックスのお客様第一号が、美しいお嬢さんで光栄です」

「え？　あ、いえ、そんな……」

「あなたのような情熱あるお客様のために、これからも我々書店員は努力していきたいと思います」

毒島の言葉は、世辞と社交辞令のブレンドだった。読子よりもマスコミに向けられての、典型的なアピールだった。

それに気づいているのかいないのか、読子はにへら、と愛想笑いにも似た表情で握手を続けている。

「もしなにかお気づきの点がありましたら、ご連絡ください」

毒島は慣れた手つきで名刺を取り出し、読子に渡す。

そこには『株式会社バベル・ブックス　総合プロデューサー　毒島渚』と書かれていた。

「はい、どうもご丁寧に……」

読子はぺこぺこと、頭を下げっぱなしである。

「それでは今日一日、ごゆっくりお楽しみください」

毒島は笑顔でしめくくると、報道陣を引き連れてその身を翻(ひるがえ)した。

「まもなくオープニングセレモニーです！　皆さん、こちらへ！」

ぽうっと後ろ姿を見送る読子に、ねねねがすり寄る。

「なーんか、口のうまい人……。ああいうのって、信用できないね」

「そんなこと言っちゃダメですよ、菫川さん」

「あぁれぇ？　もしかしてセンセ、ああいうのが好みぃ？」

「いえ全然。まったく」

言い切る口調には、澱(よど)みが無い。

「じゃあ、なんで？」

「本が好きな人に、悪い人はいません」

あまりにも根拠の薄い断言に、ねねねは呆気(あっけ)にとられた。

「ああ、それよりまたＴＶに映っちゃいました。どうしましょ、どうしましょう」

ねねねは、おろおろする読子の頬(ほお)に、まだ『淫乱(いんらん)女教師』の文字が残っていることを教えるべきか、一分ほど悩んだ。

『ご覧(らん)いただけますでしょうか？　人、人、人、すべて人です』

報道用ヘリの窓から、TV局のカメラが眼下を映し出す。

時に一〇時五五分。開店を五分後に控え、バベル・ブックスの周囲は幾重(いくえ)もの行列で囲まれていた。

無論、全てが開店を待ち受ける客である。一般客に古書マニア、サイン会目当ての各作家のファン、野次馬に偵察(ていさつ)がてらの同業者と、その内訳は多種多様であるが。

『今ここに、国内全ての読書好きが集まっていると断言できるでしょう。〝欲しい本が必ず揃(そろ)う〟をキャッチフレーズとするバベル・ブックスは、はたして本当にこれだけのニーズに応えることが可能なのでしょうか?』

実況のアナウンサーが興奮している間にも、客の列はじわじわと伸び始めていた。公式発表では、既にその数は一万人を突破しているとのことだ。

正面入口の前には、今日だけ特製のゲートがあつらえてある。

『OPEN』のロゴが型どられたアーチの下では、両側の柱をつなぐようにテープが張られている。

開店記念のテープカット用に置かれているものだ。

午前一〇時五八分。

入口前に移動させられた行列からは、異様な熱気があふれつつある。

警備員に指示された線ぎりぎりに立ち、まるでマラソンのスタート直前のように身体に力をため、息をこらして〝その時〟を待ち受けている。

ねねねは周囲に満ちた独特の雰囲気に、少なからずたじろいでいた。

熱気の正体は、無論行列の先頭集団からにじみ出る気負いだ。

欲しい本があれば、どんな手を使っても手に入れる、という激しい意気込みである。

そのあまりにも率直で、隠しようのない情熱に当てられ、本を〝買う〟ことにおいては常識人であるねねねが怯むのは無理もないことだろう。

「な、なんか、空気が熱いんだけど……」

つけ加えれば〝臭い〟という要素もあるのだが、それは心の小箱に閉まっておく。そんなことが耳に入ったら、どんな目にあわされるかわからないからだ。

「ねぇセンセ、聞いてる?」

返事のない読子に目をやると、そこにはねねねの知らない彼女がいた。

「ふしゅるるるー……」

閉じた唇から息を漏らし、上目づかいで入口を睨んでいる。

「センセ!?」

ねねねの呼びかけも耳に入らない様子で、読子は獲物を狙う肉食獣のように、感覚を研ぎ澄ませているのだ。つい三〇分前に、ねねねに頬を引っ張られて涙を浮かべていたのとは別人である。触れた手が切れそうなほど、今の読子は危険だった。

「はぁー……」

ねねねの額に汗が流れた。

一〇時五九分。

ギャラリーの拍手に包まれて、入口前に毒島が現れた。手には、新品の鋏を持っている。テープカットだ。

開戦が間近いことを知り、行列の緊張感がさらに上がった。

ボブスレー、スピードスケート、そして古本市。

この三つは、開始直後のスタートダッシュが勝敗を大きく左右すると言われている。

どれだけ早く走り出し、並んでいる書籍にたどりつけるか？　たったこれだけで栄光と敗北が決まるのだ。

今日買い逃しても次回がある。

そんな考えを持つ者は、ここにはいない。彼らは知っているのだ。欲しい本というものは、一度買い逃すと永劫にめぐり会えないものなのだ。

だからこそ、彼らは見栄も恥も外聞も捨てて、本を手に入れることを選んでいるのだ。

そして困ったことに、読子もそんな業に取りつかれた一人なのである。

それも、かなり重度の。

時計の秒針が最下点から登りに変わった。

視線をじっくりと楽しみながら、毒島が鋏をテープに入れる。

残り一五秒。

行列は、それそのものが意志を持っているように身をよじらせた。熱気にあふれながらも、
彼らは奇妙に無言である。

残り一〇秒。

ガラスの入口の向こうで、両側に店員が整列した。初めての客を迎えいれるべく、きをつけして立っている。

残り五秒。

ねねねは喉が渇いていることに気づいた。熱気のせいだろうか、ついさっき飲んだニアウォーターはとっくに蒸発している気がした。
三、二、一……。
毒島が口を歪めてニヤリと笑い、鋏を閉じる。

同時に、入口を守っていたテープが左右に分かれて落ちる。

「開店です！　バベル・ブックスへよぉーこそ！」

毒島は両手を広げ、高く上げ、世界最大の書店開業を高々に宣言した。

フラッシュが焚かれる。拍手が起きる。

　しかしそのどれもが、地鳴りのような足音にかき消された。

　警備員が身をどけると同時に、行列の男たちが走り始めたのである。ゲートが開いた競争馬さながらに、彼らは一目散にゴール目指して足を踏み出した。

「お探しの本が、あなたを待っていいます！」

　余裕すら感じさせる足取りで、毒島は入口の脇へどいた。

　そのすぐ側を、

「センセっ！　ちょっとっ！」

　追いすがるねねねを振り返りもせず、読子が駆けていった。

「…………………」

　毒島は、不思議そうな顔でその横顔を見つめた。

　あれは確か、行列の先頭にいた女だ。見るからに鈍く、トロそうな女だったが……。今は陸上選手も顔負けのスピードで入口に入っていった。

　ブランドもののバーゲンに群がる女は見たことがあるが、本屋に全力疾走で飛び込む女は珍しい。

　まったく、本読みというのは理解に苦しむ人種である。

　そんなことを考えているうちに、もう一〇〇人以上の客が入口に呑み込まれていた。

「いらっしゃいませ！　いらっしゃいませ！　いらっしゃっ！」

入口に配置された書店員たちは、無駄、という言葉を体現していた。ダムが崩壊したかのように押し寄せる客の奔流は、記念すべき開業最初のお客様という祝福には興味がまるで無いようで、ひたすらお辞儀を繰り返す彼らの前を全力で走り抜けていく。彼らの目的は、三〇階大催事場で行われる古書市であり、そこにたどり着くエレベーターなのだ。

「おいっ！　もういいから売場の整理にまわれ！」

挨拶が無意味だとわかり、書店員チーフが指揮を執る。直ちに全員が、それぞれの持ち場に散らばった。

「押さないでください！　押さないでください！」

「『無差別大学受験仮想問題集』はどこですかっ⁉」

「こちらの売場は一八歳以下のお客様にはご遠慮いただいております！　ご注意ください！」

「コミックフロアーへは専用のエレベーターが用意してございます！　係員の指示に従って、お進みください！」

客と店員の声が飛び交う。

書店とは元来静かなものだが、今、この時は客にとっても、店にとっても戦場と化していた。

しかしその比喩が、一時間後に現実に変わると想像していた者は、まだ誰もいなかったのである。

全六機のエレベーターが待機するホールに一番乗りを果たしたのは、当然のごとく読子だった。

「せっ、センセッ、はやすぎっ！」

わずかに遅れて、ねねねがかけつける。情熱、執念といった精神面で劣っても、若さに裏付けされた基礎体力がカバーしたようだ。

それにしても驚くべきは読子だった。いつものスーツケースを引っ張って、入口から奥のホールまで走ってきたのだから。それも、全力疾走のねねねより速く。

しかしその読子は、エレベーターの前で止まって中に乗る気配を見せない。

「……？　センセっ、どしたの？」

「避けてっ！」

読子が、普段のぽやぽやぶりを感じさせない素早さでねねねの腕を取り、エレベーターの間にある壁の前に引っ張った。

一瞬後、遅れてきた男たちがどかどかと走り抜け、エレベーターの中に殺到していく。

「!?」

「どしたのっ!?　私たちも早く乗らないと！」

読子の最初の目的は、三〇階の古書市である。サイン会は午後二時まで行われるし、ナルニア・コレクションの一般展示はマスコミへの発表会が終わった後でも見ることができる。だが古書市だけは、早い者勝ちのガチンコ勝負である。となれば、優先順位は自然と決定した。

だが、その一刻を争う時に読子は、エレベーターに乗ろうとしない。ねねねとしては疑問だった。

「慌(あわ)てないでください。今乗っちゃ、ダメなんです」

「へっ？　だって……」

「最初にエレベーターに乗ると、奥へ奥へと押し込められるんです。そうなると上の階に着いた時、出るのが一番最後になっちゃうでしょ。会場に一番のりするには、ドアぎりぎりの位置がベストポジションなんです」

「はぁー……」

言われてみればもっともな読子の説明に、ねねねは感心してしまった。それは数えきれないほど古書市に通い、実戦で身につけてきた〝戦場の知恵〟だった。

ねねねに説明しつつも、読子は目でエレベーターに乗りこむ男たちを数えていた。概算(がいさん)で重量制限を測っているのだ。

授業では決して見せない（ねねね自身は、読子の授業を受けたことが無いのだが）毅然(きぜん)とした態度に、ねねねはやや圧倒された。

「今ですっ！」

読子が身を翻し、エレベーターの中にするりと収まった。

「あっ！　待ってよっ」

ねねねが慌ててそれに続く。

彼女がもぐり込んだその瞬間に、無情にも重量オーバーのブザーが鳴った。

「ええっ!?」

エレベーターでブザーを鳴らすのは、気まずいものだ。それが女の子ならなおさらである。

しかしこの場合、そんな微妙な雰囲気を吹き飛ばす険悪な言葉が投げかけられた。

「なにしてやがる、下りろ！」

「早く出せ！　このやろう！」

「他に回れ、ガキ！」

容赦のない怒号が、ねねねに降ってくる。

「なっ、なによおっ！　私よりあんたたちの方がず――っと重いじゃないの！」

ねねねもそこで黙り込む性格ではない。自分よりひと回り以上年配の、むさ苦しい男たちに怯むことなく言い返す。

だがそれは、事態の解決にはならない。後から殺到してきた男たちは、ブザーを聞きつけて他のエレベーターへ目標を変える。

「下りろ！　時間がねぇ！」

「イヤよっ！　センセとハグれちゃうじゃないのっ！」

ねねねは援護を求めて、読子を見た。

「…………」

しかし読子は、苦悩と哀しみに満ちた顔でねねねを見返す。

「…………えっ？」

「菫川さん……ごめんなさいっ！」

彼女は、ねねねの胸に両手を当て、どんと押した。

「うわっ！」

意外な相手の意外な攻撃に、ねねねがホールの床に倒れる。

「上の階で待ってますぅ〜〜〜……」

教え子よりも欲望を取った読子に、なぜかエレベーターの男たちから拍手が起きる。

「ちょっ、ちょっとおっ！」

ねねねはすぐさま立ち上がり、ドアに飛びついたのだが、彼女の前でドアは無情に閉まった。階表示の数字が点滅し、エレベーターが上昇したことを告げる。

ねねねはドアに当てた手を拳に握り、

「先生の、バカーっ！」

大声で叫ぶのだった。

喜劇と悲劇は、エレベーターホールのみならず到るところで繰り広げられていた。

「ただいま二階から四階、雑誌売場は入場制限がとられています。入場ご希望の方は、東側階段にお並びください！」

「店内は非常に混雑しております！　立ち読みはご遠慮願います！」

「スリ、置き引きにご注意ください！　被害にあわれた方は、係員にお問い合わせくださ い！」

様々な注意を促す放送が流れるが、客の耳に届いているかは疑わしい。

ワゴンに本を山盛りにした男が、通路を走る。カーブを曲がりきれずに転ぶ。

どこから見つけてきたのか、倒産した書店の絶版本コーナーでは、一冊の文庫本を取り合ってつかみあいの喧嘩が始まっている。

何重にも重なりあって、うず高い螺旋と積まれた雑誌に人がぶつかる。

親とはぐれたか、絵本を持った幼児が半泣きの表情で右往左往している。

フロアーの六箇所に位置する階段は、五つが上り専用と指定されている。

在庫用エレベーターの前に陣取って、運びこまれたばかりの本に手を伸ばそうとする者がいる。

サイン会場には、ファンの行列が人気作家とそうでない作家のわかりやすいグラフとなり、気まずくも騒々しい空気があふれかえっている。

バベル・ブックスは本と、本を求める人たちの坩堝と化していた。

日本中の読書家が、今ここに集まっているのかもしれない。

訪れた人は皆そんな錯覚を覚え、奇妙な高揚に身を委ねた。

そんな、沸点間近の店内を、マスコミを従えて闊歩する者がいる。言わずとしれた、毒島だ。開店早々の混乱を、彼はむしろ喜ばしい目で見ていた。

「ご覧ください、この熱気、この活気」

毒島は、どこか陶然とした面持ちで、TV局のカメラに語りかける。

「我々はこれまで、本について冷静すぎた。ロックンロールのように、アクション・ムービーのように、優れた書物は人を熱狂させることができる。これはその証明です」

得意気に指を一本立て、カメラに突き出す。

「日本の読書界の新たな一ページが、今日ここに開かれました。ここに来ないと、あなたは必ず後悔することでしょう」

毒島の手がけた仕事は、いつも最初に驚異的なスタートダッシュを見せる。だが、後が続かない。売り上げや動員数は初日に最高値を叩き出し、後は下っていくだけなのだ。

レポーターの中にはそんな事実を承知している者もいたが、とりたてて今は彼に逆らうこともない。今、この瞬間の毒島は、報道する価値があるのだから。

毒島は芝居気たっぷりに時計を見て、さらに続ける。

「そろそろ準備ができた頃だ。では皆様、ナルニア・コレクションの発表会場にご案内しましょう」


三〇階。

エレベーターのドアが静かに開いた。

臨戦態勢を取っていた読子は、計算どおり一番でフロアーに飛び出した。

そこは、本の海だった。

吹き抜けの、壁が取り払われたフロアーに、整然と机と本棚が並んでいる。

その机を、棚を埋めつくしているのは、無論本だ。

しかも、大半は一度人の手を経てきた本である。どのようなドラマを経験してきたのか、一冊一冊がそれぞれの歴史をページの間に挟み、静かに横たわっていた。

読子の鼻腔を、古い紙の匂いがくすぐった。

生まれてずっと、彼女はこの匂いの中で生きてきたのだ。

本。この世でなによりも愛するもの。

読んでも読んでも、世界にはまだ見ぬ本があふれている。

こうしてざっと見渡しただけでも、今まで見たことのない表紙が目に入ってくる。

読子の全身に、とてつもない至福感が満ちていく。

「んー…………………」

だが、その至福感は背後から押し寄せる足音で消えていった。

そう、忘れてはならない。ここは同時に、弱肉強食の戦場なのだ。

欲望の赴くままに奪い、勝ち取り、栄光と稀少本を手にするリングなのだ。

メガネの奥で、読子の目が光った。

そして彼女は、戦いの渦に身を躍らせていった。

ねねねを置き去りにしたことも、頭の中から消えていた。


「繁盛しているようですね」

画面に映る店内の様子を見て、ジョーカーは誰にともなくつぶやいた。

ＢＢＣは中継を切り換えているため、日本のワイドショーを見ているのだが、その熱気は十分に伝わった。

正直、これほど人が集まるとは、予測していなかった。初日としては大成功だろう。

「下品だな」

画面を見たまま、ジェントルメンがぽつりとこぼす。予想外のコメントに、男たちの雰囲気が変わった。

「下品……とはどういう意味です、ミスター？」

銀髪が、注意を払って質問する。

「本は、あんなに騒々しく買うものではない。時間をかけ、考えて選び抜くものだ」

静かだが、その声には硬質な主張の色がある。ジェントルメンは更に続けた。

「自分がその本を、何のために買うのか。それを考えている者は、あそこには一割もいないだろう」


地上四〇階、八〇〇〇万冊の在庫。

その管理は、人的手段では到底不可能だ。

だからバベル・ブックスの二〇階には、中枢（ちゅうすう）とも言うべきコントロール・ルームが設けられている。

ここには六人のオペレーターが、一一時の開業から八時の終業まで、二交代制で管理システムに取り組んでいるのだ。

総数五〇〇を越えるレジの売り上げ額が、随時（ずいじ）入力される。

どの売場で何の本が何冊売れたか、それが全て仕入れの時のデータとして記録される。

通路や階段の隔壁（かくへき）を開いたり閉じたりして、混雑が最小限になるように調整する。

取次店からの新刊は、屋上のヘリポートから搬入し、一部を三七、三八、三九階の在庫用倉庫に運んだ後、荷物用エレベーターで各階に配本する。

まさに完璧に制御されたシステムで、スタッフからはＢＰＳ（※ブック・パーティシャン・システム）と呼ばれている。

ここは言わば、このバベル・ブックスの心臓なのだ。

その心臓部に、指示が届いた。

二五階の大催事場で、ナルニア・コレクションの発表が始まる、というものだ。

オペレーターは、記録用のビデオを作動させた。


発表会会場は、中規模なホールほどの広さがあった。

一〇〇〇人は座れる椅子に、会場の前方にはステージがあつらえてある。

立方体のブロックが積み上げられ、向かって左に司会用の席が置かれている。

報道用の機材と、そして関係者が見守る中、司会席に毒島が立った。

照明が落とされ、スポットライトが毒島を照らす。

予想外に、毒島は静かな口調で語り始めた。

「本は……」

一度間をおき、同じ箇所から再度切り出す。

「本は、当然ながら読まれることを目的とするものです。しかし世界には、それを超えて存在そのものに意義がある本があります」

　毒島はマイクを持ち、ステージの中央に歩いていく。

「本を文化とするなら、バリエーションは無限と言えるでしょう。しかし大半の人たちは、本というものは四角いもの、文字を読むもの、と認識しています」

　ブロックに手をかける。

「ご覧（らん）ください」

　毒島は、ブロックの表面をめくった。記者たちから「あ」と声があがる。

「これも、本です」

　立方体のブロックに見えたそれは、実は本だった。

「一九八三年、オランダで発行された『GOLD　DUST　IS　MY　EXLIBRIS』。縦一六・五センチ、横一六・五センチ、厚さ一五・一センチ。表紙、裏表紙、背にも文字は一切見当たりません。しかも中身は、大半が白紙のページです」

　パラパラとめくるその中には、時折図版が見え隠れする程度である。

「つまりこの本は、形状に価値を見いだした例といえます。ただ存在する、そのことがなによりも重要な本なのです」

　いつになく知的な切り出し方に、記者たちは戸惑いを隠しきれない。

毒島はその戸惑いにたたみかけるように、言葉を続けた。

「わが友人、ナルニア国皇太子ニェルテガ・アナーライはこういった文化に洞察が深く、世界各国から数々の稀少本を集めています。それはナルニア・コレクションと呼ばれ、世界中の愛書家から関心を寄せられていました」

ライトの幅が大きくなり、ステージ中央が照らしだされた。

そこには『NALNIA』と書かれた巨大な本が置かれている。いや、本の形をしたオブジェだ。

「しかし今日！　皇太子のご厚意によって、ナルニア・コレクションが世界初、一般公開されるのです！」

毒島の口調に熱がこもるにつれ、会場の雰囲気も徐々に高揚していく。

記者たちの大半は本に興味のない連中だが、これだけ煽られればそれなりに興味はわいてくるというものだ。

「それでは見ていただきましょう、ナルニア・コレクションを！」

ドラムロールの響く中、巨大な本の表紙がめくられた。

だがしかし、中から出てきたのは、思いもよらないものだった。

「ああっ、誰か私を止めてぇ〜〜〜〜――――っ！」

読子の周囲は、混乱に満ちていた。

「よこせっ！　そいつぁ俺んだっ！」

『ウイークエンド・スーパー』のバックナンバーを奪い合っている男がいる。

「『魔狼島の怪人』三巻！　三巻だけなんで無いっ！」

完本揃い(かんぽんぞろ)を目指して、本の海をかき回している者がいる。

なによりも、本。欲しい本を求めて集った男たちが争っている。

彼らはただ、目的の本を手に入れて持ち帰り、家でニヤニヤと眺めるために、今この時を争っているのだ。

読子は、その渦中(かちゅう)のど真ん中にいた。

しかも厄介(やっかい)なことに、彼女は周囲の混乱に、すっかり溶け込んでいたのだった。

「あーっ！　その『奇顔王』は私が先に手に取ったんですよっ！」

「アホっ！　手に取る、ちゅうんはこうして抱えこむことじゃっ！」

「あぁ〜〜〜、ヤメてくださぁい、持ってかないでぇ〜〜〜！　そうだ、公平にじゃんけんで決めましょう、じゃんけん、ねっ！」

「姉ちゃん、ガキかっ！　一人でやっとれっ！」

すがりつく読子を無視し、男が本を買い物カゴに放り込む。

そして更なる本を探して彼女に背を向けた時……。

「……！」

読子の腕が一閃した。途端に、買い物カゴの端が音もなく切れ、床に落ちる。

突然出現した三角形の穴から、今まさに放り込まれた『奇顔王』が床に落ちるが、男は周囲の喧騒で気づきもしない。

読子はこっそり本を拾い、そしらぬ顔で自分の買い物カゴに入れた。

大英図書館の紙使いと言えば、人と本の味方である。優れた書物が、それに相応しい人の手に渡るよう無償で努力をすること。それは、特殊工作部の誓詞にも記されている。

だがやはり、読子は目前の欲しい本を他人に譲ることができない。

「ごめんなさいごめんなさい。……でもたぶん、この本は私に買われたほうが幸せだと思うんです。だからすみません、いただいていきます……」

勝手なつぶやきを口の中で唱えながら、男からこそこそと離れていく。これだけの喧騒だ、男が穴に気づいたとしても、読子と再会することはないだろう。

読子は人の波をかきわけ、新たなブロックへと進んだ。

そこは、児童向けの本が集められた区域だった。各年度、各学年の課題図書からベストセラーの絵本、民話、伝承を集めた寓話集から科学読み物まで、多彩な本が集まっている。

だが、開店早々古書市に飛びこむ類の人間には、このジャンルはアピールするところが少ないと見える。他の区域と比べて圧倒的に人もいない。

読子はほうと一息をつき、再度人の嵐に飛び込むべく、区域を横切ろうとした。

無意識に入る何百冊の背表紙の中で、読子の脳はそれをとらえた。

『そばかす先生の不思議な学校』

簡素な、特に目立つことのない文字が、ハードカバーの背に記されていた。

「！」

反射にも近い動きで、読子の顔が動いた。知覚したものが、一瞬信じられなかったのだ。

「…………………！」

本好きが、探し求めていた本を見つけた時の衝撃。それはどう語れば伝わるだろう。

勇気を出して伝えた片思いの告白で、相手も自分を好きだと言った時。

別れ別れになった親友に、思いがけず再会した時。

行方（ゆくえ）不明になったペットが、無事戻ってきた時。

そんな時の感情に、似ているかもしれない。

目を疑う。何度も確認する。動悸（どうき）が速くなる。口の中が渇く。高ぶりの音が、頭まで響く。

周囲から他の音が消える。視界に、その本しか見えなくなる。

喧騒が、波のように引いていった。本を求めて右往左往（うおうさおう）する人たちの姿が、別世界のように遠ざかる。

読子はゆっくりと、その本に足を進めていった。心情は飛びつきたいほど焦（あせ）っているのに、自分の身体はスローモーションのようにゆっくりとしか動かない。

こんな夢は何度も見てきた。どこかの本屋に入ると、自分の好きそうな本ばかりが置いてあるのだ。喜びいさんで抱えこみ、レジへと運ぶ。だがいざ読もうとする時に、目が覚めるのだ。それらの本は、決して読むことができない〝運命の女〟ならぬ〝運命の一冊〟なのである。

慎重に、一山幾ら(いく)の本の中からそれを抜き出す。『そばかす先生の不思議な学校』。間違いない。このタイトルを忘れるわけがない。

目の奥が熱くなった。探し続けていた本が、今まさに見つかったのだ。

ぐっ、と本を持った手に力が入る。固い表紙の感触が、指から伝わってきた。夢ではない。現実なのだ。

読子の周りで、時はゆっくりと流れていた。一〇年の歳月を経た、邂逅(かいこう)の瞬間を祝福するように、空気までもが優しく彼女を包む。

これなのだ。

こんな瞬間があるから、愛書狂はやめられないのである。この至福が、自分たち以外の誰がわかろうか。

読子は恋人に再会したかのように、顔に本を近づけた。

愛しそうに頬(ほお)ずりする。

った。

「なにがああっ、じゃっ！」

静寂をかき消し、けたたましい声で読子を怒鳴りつけたのは、誰あろう菫川ねねねその人だった。

「ああっ……」

「あわ、あわ、あわわわ」

読子はようやく手にした本をお手玉する。

「すっ、菫川さん………」

「そうよっ！　菫川ねねねよっ！」

ねねねの顔は怒りに満ちていた。

「ひどいじゃないのっ！　置いてくなんてっ！」

「すっ、すみませんすみません！　ちょっとあの、なんていうんでしょうかっ、魔がさしちゃって……」

万引きが見つかった中学生のような言い訳に、ねねねがさらに大声を出す。

「あのあと、大変だったんだからっ！」

「ごめんなさいったらすいません……」

ぺこぺこ謝る読子を見て、ねねねはため息をついた。知ってはいたことだが、確かに読子は本がカラむと常識から大きく外れることがある。しかたない、といえばしかたないのだが。

「……で、なんかいい本見つかったの？」

そのひと言を待っていたように、読子の顔が輝く。

「はいっ！」

読子は手にしていた本を突きだした。もちろん、『そばかす先生の不思議な学校』である。

「ずぅ――っと、探してた本なんです！　やっと見つかりました！」

心底嬉しいのだろう、顔中が笑みになっている。

「なに？　子供向けの童話じゃん」

「童話だっていいものです。おもしろいんですよぉ！」

盛り上がる読子に比べ、ねねねは見るからに関心が無さそうだ。

「まあいいけど。……とにかく、ちょっとここ離れない？　息詰まっちゃいそう」

会場の中には、読子、ねねね以外ほとんど女性の姿が見えない。ということは、ほぼ全てが男性ということだ。差別するわけではないが、その身体から出る異色な気はねねねを弱らせるに十分だった。

「……でも、まだ全部見てないんですけど……」

ねねねは読子の腕を取り、レジに向かって強引に引っ張っていく。

「後でもいいでしょ。サイン会のほう、行ってみよ。知り合いいるかもしれないし」

「あうっ、あうっ、あうう〰〰〰」

読子はずるずると、ねねねに引きずられていった。

まあ、彼女にしても筆村荒のサインがもらえるのだから、いいのだが。


記者団の目、カメラのレンズが見守る中、本の表紙を模した扉は徐々に開かれていった。最初、最前列に陣取っていた人々は、それをイベントの一環だと思った。演出好きの毒島が仕組んだものだと思った。それほど、現れたものはその場に似つかわしくなかったからだ。

本の中は、柩のように四角くくり抜かれていた。

そしてその中に、一人の男が立っていた。ゆったりとした紺のスーツに、細身で小柄な身体がおさまっている。歳は四〇を幾つか過ぎた頃だろうか、幾筋もはしる深い皺が、通り抜けてきた過去をうかがわせる。

しかし、なによりも人目を引いたのは、男の手にしているものだった。

M—16アサルトライフル。世界で最もポピュラーな自動小銃である。

それを冗談と思った者が、失笑を漏らした。

だが毒島は、開ききった表紙の中身を見て唖然と口を開いたままだった。

段取りとしては、一ページめにニェルテガからの開業メッセージが書いてあるはずだった。

『開業、おめでとう。本を愛する全ての人に、君の楽園が愛されるよう祈る』文面も既にチェックしている。それに対する感謝のスピーチも作成していた。

毒島は、誰だおまえは？　という表情を作り、ライフルの男を見た。

余興としては長い沈黙に、客席からざわざわと声が漏れ始める。

男が笑った。口の端を歪めて笑った。

男は銃口を天井に向け、引き金を絞った。

「イァ――――ッ、ハ――――ッ！」

甲高い雄叫びはしかし、部屋中を占拠した轟音で聞こえなかった。

バラバラと、天井だったものの破片が落ちてくる。

レポーターがいっせいに伏せた。カメラマンたちが倒れ、中継画面は大きく揺れた。

会場内に、悲鳴と疑問符が飛び交った。


「なんだ!?」

大英図書館特殊工作部日本支部においても、反応は大差が無かった。

本の中から現れた男が、銃を乱射する。いくらプロデューサーが派手好きにしても、常識では考えられない事態だ。

騒然としたテーブルで、二人の男だけが冷静に画面を見ていた。

最も年配のジェントルメンと、最も若いジョーカーの二人だった。

男は弾倉一つぶんの弾丸を撃ちまくった。

その間、マスコミの記者たちは頭を抱え、床にはいつくばっていた。現状を正しく認識している者など、一人もいなかった。

弾丸を撃ちつくした男は、まだパラパラと破片が降る会場で口を開く。穏やかとも言える口調だった。

「レィディーズ、アン、ジェントルメン……」

慣れた手つきで弾倉を交換していく。

「おとなしくしていろ。おとなしく言うことを聞けば、無事に帰れる。だがな」

弾倉を装塡(そうてん)しなおし、銃口で記者たちを右から左になぞっていく。

「悪戯(いたずら)なんぞしたら、自分の死亡記事を同僚に読ませてやるぞ」

「なっ、なんだ、おまえはっ!?」

毒島が、その場にいた全員の心情を代弁した。

「俺か？　俺はジョン・スミス」

銃口が、毒島の胸に向けられる。

「レッド・インクのリーダーだ」

「レッド・インク!?」

ジョーカーの額に、一本の皺が走った。

知っている。米国を中心に活動しているテロ集団だ。奴らが通った後は、赤いインクをぶちまけたように鮮血が飛び散っている、と言われて、この名がついた。

ジョーカーも、かつて一度だけ事件に遭遇したことがある。悪名高いNYの書店ジャックだ。本屋に籠城し、客を人質にした凶悪事件で、三名の死亡者を出し、米国出版界の悪夢として語り継がれている。

彼らはいわゆるトリガーハッピーの集団で、惜しみなく銃弾をまき散らす戦いぶりには、ずいぶんと苦戦させられた。

しかもその手口は常に変わり、対応がきわめて取りにくい。思想も無く、テロリズムそのものを楽しんでいる彼らは〝殺しの芸術家〟と自らを呼んだ。

しかし、彼らがなぜここへ？


その様子は、無論コントロール・ルームにも捉えられていた。

「たっ……たいへんだ……」

スタッフの一人が、警察への直通ボタンに指をかける。

だがしかし、その後ろに長身の男が忍びよっていた。

男は音もなく近づき、ボタンに置かれた男の指に、ナイフを当てる。

「⁉」

ナイフの冷たい感触は、すぐに焼けるような熱さに変わった。

男が、ナイフで指を切り落としたのだ。

胃の底から、絶叫がこみ上げてくる。

しかしそれは、口から出ることは無かった。男は返したナイフで喉(のど)を裂いた。絶叫は喉の切れ目から、ひゅうひゅうという息の音になって消えた。


店内の監視カメラが、あらぬ方向を向く。

それは、中枢(ちゅうすう)が自分たちの手に落ちた合図だった。

初夏にしては重く、長いコートを着ていた者たちが、懐(ふところ)に手を入れた。

注意深く観察していた警備員が、緊張に表情を硬くする。

男たちは、おもむろに手を抜き出した。

そこにはそれぞれ、銃が握られていた。

「LAND　HO！」

雄叫(おたけ)びと共に、天井に向けて弾丸が発射された。

なにごとかと振り向いた客たちが、拳銃を見て目を丸くする。

「お買い物の途中ですが、お帰りはあちらになっております！」

揶揄の言葉と同時に、弾丸が発射された。それはアイドルの、等身大パネルの額を射抜いて、壁にめりこんだ。

「強盗よ！」

誰かが悲鳴をあげ、恐慌の開始を宣言した。

開業の時と同じほどの勢いで、客たちが出口に向かって走り始めた。

純然たるパニックにかられて、闇雲に駆け抜ける。足を滑らせて転ぶ者がいる。それを踏みつける者がいる。

「早く出ろ、ちくしょう！」

「押すな！　倒れる！」

「なんなんだ！　火事か⁉」

客の大半は、状況を正確に把握していない。勃発した狂騒意識に操られ、逃げているだけだ。

バランスに苦心して積まれた本の山は、走る人たちによって突き崩された。

階下の、まだなにが起こっているのかさえ知らない客たちは、かけ下りてくる客たちに激突されて声を荒らげた。

「押さないで！　押さないでください！」

へらへらと笑いながら、銃を持った男が近づいてくる。ことここに至り、状況の一端をかじった客たちは、同じくパニックの虜になり、出口を目指す。

わずか数分で、バベル・ブックスのフロアーは阿鼻叫喚の見本市と化していた。


「あぁらぁ?」

読子とねねねを乗せたエレベーターは、唐突に上昇を止めた。

「どしたのかな?」

ねねねが非常用スイッチを何度も押してみる。反応が無い。

「もしもーし」

緊急時の連絡マイクに話しかけても、誰も答えない。

「おっかしーなぁ……故障かな、センセ?」

「故障って、そんなの困ります」

レジで精算をすませ、改めてサイン会に向かうことにした読子が、思わぬ停滞に声を硬質化させる。

「困るのは、あたしも同じなんだけど」

あれほどいた客たちは、求めるものを探して行くべき場所に行ったのか、エレベーターの中は二人だけである。

読子は、マイクに口を近づけて叫んだ。

「もしもーし！　エレベーターさぁん！　もしもーし！」

大声に、ねねねが眉をしかめる。

「センセっ！　大声出したら届くってワケじゃないんだから！」

「あうー～……」

はがい締めにされて、ズルズルと引きずられる読子の顔に、わかりやすい不満が浮かんだ。まるで子供だ。

「停電でしょうか？」

「でも、照明は点いてるよ」

「地震でもあったんでしょうか？」

「別に、揺れなかったけど」

「むー……」

読子は口をとがらせて、考えこんでしまった。ねねねは早くもあきらめたのか、壁にもたれて床に腰を下ろす。

「ま、こうなったら気長に待ちましょ。そのうちまた、動きだすでしょ」

しかし読子はあきらめ悪く、狭いエレベーターの中をうろうろと歩き回っている。スーツケースをガタゴト引っ張りながらうろつくので、鬱陶しいことこのうえない。

「もー、センセっ！　ちょっとは落ちついてよっ！」

「だって、だって、こうしてる間にも筆村先生のサインが無くなってくかと思うと……ああっ、困ってしまいますっ」

進路が断たれたことで焦りが生まれたのだろう、読子の目は落ち着きなく動いている。

「いいじゃない、無くなってたらまた他のサイン会に行けばっ！」

「筆村先生、サイン会すっぽかすんですっ！　鶴が見たくなったとか、猿とたわむれたくなったって理由で……」

「なにそれ？　動物王国？」

筆村荒の著作を読まないねねねにとっては、理解不能の理由である。読んだからといって、納得もしかねるのだが。

読子は決心したように、足を広げて立った。

「決めました。こうなったら実力行使です」

「なにする気？」

具体的には答えず、壁際にスーツケースを寄せ、それを踏み台にして上に乗る。

「私、ちょっと行ってきます」

「ちょっとって……」

天板を外し、よっこらしょと上に上がっていく。

「すいません、スーツケース取ってもらえませんか？」

「ここで待ってたらいいじゃん。どうして、わざわざ行くの？」

読子は少し困ったように笑って言った。

「わかってるんですけど……でも、止められないんです。だって、ファンですから」

無邪気な笑顔に、ねねねは軽い嫉妬を覚えた。毬原の一件で、自分のファンと言っていたことはどうなのか？　作家なら誰でもいいのか？

そんな言葉が口をつきそうになるが、

「…………菫川先生？」

おそらくはなにも考えてないであろう読子を見つめ、ねねねはほうとため息をついた。ここは自分が大人になるしかない。八歳も年下であろうとも。

「しっかたないなぁ。いい、つきあったげる」

「は？　いえ、別に私はそんな……」

「センセ、一人にしとくと危ないでしょ。エレベーターの注意書読んでて落っこってたりしたら、後味悪いしね。はい、あたしも上からひっぱってよ」

ねねねはスーツケースを持ち上げ、読子に突き出した。

読子はそんな彼女を見下ろし、少し微笑んだ。

「ありがとうございます、菫川先生」

「菫川先生……一つお願いしたいことが」

「なぁにぃ？」

「もう少し、軽くなってもらえたりするととても嬉(うれ)しいのですが」

読子は、エレベーターホールの内壁にへばりついて上へ上へと登っていた。

ねねねは、片手でその背中におぶさる恰好(かっこう)になっている。もう片手には、読子のスーツケースをブラ下げているのだが。

「今度、ダイエットしとく」

「お願いしますぅ……」

読子は、ウェットティッシュを巻いた手をペタペタと壁にくっつけて登っていく。まるで強度の粘着液(ねんちゃくえき)でもついているかのように、ティッシュは壁から離れない。

「……センセ」

「はい？」

「何度も聞くけど、どうしてそんなことできんの？」

「……特技です」

ねねねは後ろから、読子の頬(ほお)をぐいと引っ張った。

「ひらい、ひらいです～～～！」

暗いホールに、読子の悲鳴がこだました。

「NHK、CNNとBBC以外は、カメラのスイッチを切れ！」

ジョンは声と銃で、会場内を威嚇した。

「他のヤツらは、残念だがスクープはお預けだァ」

クックックックと、小刻みに笑う仕種がどことない不気味さをかもし出している。

「なにをする気だ？」

気丈にも、毒島が横から口を挟んだ。

「決まってるだろ？　犯行声明に、身代金の要求さ」

正面にNHK、右にCNN、左にBBCを配置し、ジョンは両手を広げた。

「放送をごらんの諸君！　あんたらは運がいい。なぜならあんたらは、これから史上最大にアカデミックなテロリズムを目撃できるからだ！」

銃を持ったまま、オーバーアクションで話を続ける。銃口が向けられるたびに、記者たちが身をすくめた。

「俺はジョン・スミス！　笑うなよ、本名だ。俺のレッド・インクは、日本政府に一億ドルの身代金を請求する！」

一億ドル！　一時、自分たちのおかれた状況も忘れ、記者たちの間から声が漏れる。日本円にして一一〇億円、身代金としては世界最高額である。

「人質はなにかわかるよな？　今日の目玉になるハズだった、ナルニア・コレクションの数々だ！」

「なんだとっ！」

　大声を出したのは、もちろん毒島だった。無理もない、コレクションは彼の責任下において国内に持ち込まれたのだ。事件があれば、間違いなく身の破滅だった。

「今から六時間後に、日本円で現金を揃え、屋上のヘリポートまで持ってこい。いいか、少しでも遅れたら、コレクションをビルのてっぺんからバラまいてやるぜ。国際問題になるのは間違いないよな」

　そこまで言うと、次はＢＢＣとＣＮＮにそれぞれ目線を配りながら言葉を続ける。

「こいつは史上初、文化遺産をさらった脅迫だ。この国が、文化ってものにどれだけ金を払う気があるのか、見物だぜ」

　エキセントリックな笑みが、顔に広がった。

「待て！　コレクションはどこだ？　どこにある⁉」

　毒島の問いに、ジョンはうるさそうに手をはらう。

「心配するな。俺の仲間たちが、丁重に保管してる」

「あの、厳重な警備をどうやって……」

「あれが警備？　ハイスクールのロッカールームでも、もう少し手ごわいぜ」

侮蔑の言葉に、毒島が顔を赤くする。

「コレクションは、ニェルテガの厚意によるものだ。おまえたちの好きにさせるわけにはいかない！」

記者団の間に、やや意外そうな顔が見てとれた。あの、常に口だけが優先した毒島が、銃を持った相手に渡り合っていることが信じられないのだ。

ジョンの顔からも、笑みが消えた。

「なかなかに勇敢なヤツだ」

その手が、手の中の銃が、毒島に向けられる。

次の瞬間、小さく、短い音が空気を裂いた。

人々が気づく前に、もう銃弾が毒島の胸に当たっていた。

「っ⁉」

疑問形の声と顔を残して、毒島はどうと倒れた。スーツに紅い染みが広がっていく。

「勇敢なヤツは早死にする。わかったか⁉」

後半の言葉は、記者たちに投げられたものだった。

騒然とする中、日米英のカメラは、実況中継された殺人に少なからず興奮していた。

余韻冷めやらぬ間に、短いコール音が鳴り響く。ジョンは、腰から通信機を取った。

「俺だ。……よし、一般客と作家は逃がせ。人質は、ここにいるマスコミでいい。……上のフロアーから順に占拠していけ」

ジョンは通信を切り、まだ座り込んでいる記者たちをぞろりと見回した。

「たまには報道されるほうにまわってみるのも、新鮮だぞ」


「ヘンじゃない？」

最初に気づいたのは、ねねねだった。

ホールから通気口への横穴を通り、どうにか廊下に出てきた読子とねねねは、サイン会場である三五階に向かって進んでいた。

だがしかし、廊下に出て以来、二人は人の姿を見ていないのである。

客はおろか、店員、警備員も見当たらなかった。

「お昼休みでしょうか？」

読子が、あまり現実性のない答えを返す。

「学校じゃないんだから。それにお客の姿も無いっておかしい」

二人は、エレベーターをあきらめて階段を上っていた。それなりに広い階段である。『この先サイン会場』との告知も貼ってある。人の姿が無いのは、確かに奇妙と言えた。

「でもまあ、空いてたら、それだけサインも早く、いっぱいもらえるわけですし」

「…………………」

ねねねがじとっとした目で読子を睨む。読子は、反射的に頬を押さえた。

「……センセって、本当に、本がからむとおかしくなっちゃうのね」

やれやれ、と肩をすくめるねねねに、さすがに読子が口をとがらせる。

「おかしく、ってなんですかぁ？　私は普通ですよぉ」

「はいはい」

そうこう言っている間に、二人はサイン会場である三五階に到着した。

「失礼、しまーす……」

必要以上に丁寧で、場違いな読子の挨拶は、誰受け止めることなく床に落ちた。

「ここ、だよね？」

ねねねは改めて、会場入口に貼られた『合同サイン会　人気作家一〇〇人全員集合』と書かれた看板を見る。もちろん、出版社を通してねねねにも参加の依頼はあった。しかし、基本的にサインはしない主義のねねねは丁重にそれを断ったのだった。

全員がねねねのような選択をしたわけではないだろうが、だだっ広い会場の中は無人だった。

壁にそってコの字に机が配置され、それぞれの前に『真浜則一先生』『楓　薫先生』と名前の札が下がっている。

それでいて、机にはどの作家もいなかった。

いや、作家だけではない。ここにも、客の姿一人みあたらなかった。

ねねねは時計を見た。午後〇時を少しまわったところだ。サイン会としては、最も騒がしい時間であるべきだ。

「どう思う……って、センセっ⁉」

ねねねの疑問もどこ吹く風と、読子は走りだしていた。もちろん、その行く先はハ行、『筆村荒先生』の机の前である。

「もうっ！　おかしいと思わないのっ⁉」

しかし読子の足は、机に近づくにつれてスピードを落とし、やがてヨロヨロと歩いて止まり、さらにその場にへたりこんだ。

「どしたの？」

「あうー……」

問い掛けてくるねねねに、読子は机を指さす。そこは、筆村荒用に準備されていた机だった。だが名前の上に、ワープロで打ち出したビラが貼ってある。

『筆村先生は、次回作構想のために急遽チベットへ取材旅行に出発なさいました。急な予定変更でもうしわけありませんが、ファンの皆様にはご了承いただきたく思います』

それを読みおえたねねねは、なるほどと頷く。

「はー……どのみち、この人はいなかったのね」

「せっかく、せぇっかくサインがもらえると思ったのにぃ」

読子は、コートのポケットから文庫本を取り出してさめざめと泣いた。タイトルは『スペースバイオレンス　宇宙ダイナマ野郎』。お世辞にも趣味のいいタイトルとは言いがたく、中身もその印象を裏切るものではない。

だが、読子にとって彼は愛する作家の一人であり、追いかけずにはいられない相手なのだった。

えてして、人の好みなど時に理由もないものである。

「まあとにかく……」

ねねねは、脱力してへたりこむ読子をよっこらせと引きあげる。

「下の階に行ってみましょ。とりあえず人の姿見ないと、落ちつかないし」

読子はなにかを思い出してか、ハッと顔を輝かせる。

「そうです！　ここはまだ、ナルニア・コレクションの発表会があったんですよ！」

優先順位こそ下がったものの、国際的な蔵書家として知られるナルニア国皇太子の秘蔵コレクションと聞けば、愛書狂の読子としても喉から目が出るほど見てみたいシロモノである。

「急ぎましょう、菫川さん！」

「別に急がなくっても、相手は逃げるわけじゃ……」

「逃げるんです！　本ってやつは！」

読子はスーツケースを引っ張って、駆けだした。開店の時ほどの全力疾走ではないが、それでもかなりのスピードだ。

「ちょっと、落ちついて、センセっ！」

ねねねが止めようとした時、もう彼女は入口にまでさしかかっていた。

だが、突然現れた影が、彼女の前に立ちふさがった。

「らぎゃあっ！」

読子は思いっきりその影に激突し、後ろにもんどりうって倒れる。

愛用のスーツケースも、横倒しになった。

だが、影のほうも無事ではなかった。小柄とはいえ、人間が体当たりしてきたのだ。影は鏡をあわせたように、読子と同じく後ろに倒れこんだ。これまた同じく、持参していたスーツケースを放り出して。

「す、すいません……」

「なにしてやがる！　この牝犬！」

怒りの言葉が飛んできた。英語だった。しかも、かなりガラの悪い言葉だった。

読子の顔が赤くなる。怒りというより、猥語のせいだろう。

「あっ、あのっ、ぶつかったのは悪いと思うんですけど、でもそれで人をいきなり牝……犬っていうのは、どうかと思うんですけど？」

読子はここで、ようやく自分のぶつかった相手が外国人の男性だということに気づいた。

「まだこんなところにいやがったか……。おとなしく、下に下りろ！」

「はっ？」

奇妙な威圧のこもった言葉を理解しきれなくて、読子が疑問の顔になる。

後ろから、ねねねが追いついてきた。

「あ、よかった。人、いたんだ」

少しばかり観点の違うコメントを述べつつ、彼女が読子の後ろに立った。

「早くしろ！」

男が、懐に手をつっこんだ。読子の身体が、反射的に立ち上がる。

はたして男が取り出したのは、拳銃だった。

「！」

「!?」

声にならない疑問符が、読子とねねねの頭上に浮かんだ。

「黙って言うことを聞け！」

「なっ……なんでっ!?」

ねねねが困惑し、大声をあげる。

「うるさい！　喋るな！」

銃は、おのずと読子よりねねねのほうに向けられる。

「どうして銃なんか持ってるの⁉　あんた、なにっ⁉」

男の言葉が英語であるため、恫喝(どうかつ)が正しくねねねに伝わらないのだ。それはねねねにとって、非常に危険な状況を招く原因だった。

いつ撃たれてもおかしくない危険に、彼女は直面していた。

「英語が伝わってないんです、それより銃を下ろしてください！」

「俺に命令するな！」

男は突然の遭遇(そうぐう)に、明らかに興奮していた。おそらくは、読子たちよりも。

「菫川先生、黙ってください！」

「センセっ、なんなのこの人っ⁉」

ねねねがつい、男を指さす。どういうことのないアクションでも、きっかけとしては十分だった。

引き金にかけた指に、力がこもった。

「⁉」

その一瞬前に、読子の手はコートの中に入っていた。

本が手に当たる。確認するヒマもなく、読子はそれを引っ張りだした。

男の銃から、弾丸が発射された。

ねねねが思わず目をつぶる。読子の手にした本が、ねねねの前に差し出される。

弾丸は空気に穴を開け、ねねねの顔面にむかって直進していた。

しかし間一髪で、その進路を読子の本が遮る。

大口径でないにしろ、拳銃の弾丸である。それも至近距離だ。本の一冊で止められるものではない。

しかし、現実として弾丸は止まった。止まらざるをえなかったのだ。

本に注がれた、特殊能力のために。

男は、冗談のように自分の撃った弾丸が本に遮られるのを見た。

目を開いたねねねは、読子の本の背表紙を見ていた。

二人とも、無言だった。

一番最初に声を出したのは、その間に立った読子だった。

「あ――――っ!?」

その声は、むしろ悲鳴に近かった。

自分のかざした本がなんだったか気づいたのである。それはついさっき、サインをもらおうと持参していた筆村荒の『スペースバイオレンス　宇宙ダイナマ野郎』だったのである。

「あっ、あっ!?」

呆気にとられる二人をよそに、読子はぺらぺらと本をめくった。

弾丸は、イヤミなほど本の中心に穴を開けていた。それは表紙から、最後の三ページ前にまで届いていた。

「この本、もう絶版なのにぃ……」

目から、えぐえぐと涙が出る。筆村荒の本は、出して早々に絶版となるものばかりだった。買い逃すと、また探すまでがひと苦労なのだ。

男が、我に返った。今目の前で起きたことは、とりあえず心の棚に置いておくことに決めたらしく、新たな弾丸を発射するべく銃を向けてくる。今度の標的は、ねねねではなく読子だったが。

「！　センセっ！」

ショックを受けていた読子に、ねねねが声を飛ばす。

「もうっ！」

読子はショックを受けていた。しかし、現状を忘れたわけではなかった。

「ひぁっ！」

奇怪な悲鳴と共に発射された弾丸を、読子はハエでも払うように叩き落とした。またしても本で、である。

男の口は、さらに大きく開かれることになった。心にも、棚がもう一段必要だった。

「あなたのせいですよっ！　わかってるんですかっ！」

口調は丁寧だが、読子は怒っていた。珍しいことに。

銃が目に入らないかのように、ずけずけと男に歩みよっていく。

「この本、出版社が倒産してるから、注文もできないんですよっ！　部数も少ないから古本屋にも出回ってないし！　せっかくサインもらって、宝物にしようと思ってたのに！」

微妙にピントのずれている叱責を、男は理解できなかった。

「なっ、なんだおまえはっ⁉」

一分前まで投げかけられていた問いを、今度は自分が返すことになった。

「筆村先生のファンですっ！」

それは彼女の一端であり、しかもとりたてて重要なことでは無かった。

男もその回答に不服だったのか、あるいは回答自体に興味を失ったのか、懲りもせず拳銃による事態の正常化を試みる。

「もうっ！　反省してくださいっ！」

ことここに至って、読子の精神が臨界点を超えた。

本からページを破り取り、円錐状に丸めて飛ばす。それは驚くほど正確に銃口に刺さり、発射を妨害する。

男の顔に迷いが浮かんだ。銃口を埋めているのは紙だ。ただの紙だ。暴発するわけがない。

しかし、今まで見た非常識な光景の数々が、彼に引き金を引くことをためらわせた。

その迷いが、結果として彼の運命を左右することになった。

男の顔目掛けて、四角い鉄槌が飛んできた。それは言わずとしれた、筆村荒著『スペースバイオレンス　宇宙ダイナマ野郎』（絶版）だった。

その表紙の、宇宙を背にして毒々しい笑顔を浮かべる男のイラストが彼の視界を覆った。中央に刺さったままの弾丸が鼻の頭を強打し、男は頭の裏に火花を見た。


「あぁぁ〜〜〜……、もう読めないぃぃ〜〜〜……」

読子はしくしくと泣き濡れながら、『ダイナマ野郎』を手にしていた。表紙には、男の鼻血がべっとりとついている。本の中心は弾痕が貫いているし、肝心のラストシーンを破ってしまった。

確かにあの時はああするしかなかった。なかったのだが……。

「この人、なんだったの？」

顔に四角い痣を作り、気絶している男をねねねが見下ろしている。

「さあ……？」

「皆いなくなったことに、関係あるのかな？」

「どうでしょうか？」

読子の答えには今ひとつ、熱がこもっていない。ショックから完全に立ち直っていないのだ。

「警察に、届けたほうが……」

ねねねが常識人として、きわめて常識的な対応を図っていた時、廊下の奥から新たな声が聞こえた。

「ヘイ！」

スーツの外国人が歩いてくる。

「あ、ちょうどよかった。すいませーん……」

ねねねがぶんぶんと手を振る。その間隙を、ぶぅんとハチのようなものがスリ抜けていった。

「……えっ？」

それは背後の壁に当たり、小さな穴を開けた。またしても、銃弾だった。

「ユーアァスホール！」

罵声を浴びせながら、男が近づいてきた。その態度は、今そこに倒れている男とほとんど同じだ。

「センセっ！」

「はいっ？」

ねねねは、読子の手を取って、反対側の廊下へ走りだした。

「ああっ、ケ、ケースぅ！」

読子は床に手をのばし、スーツケースの把手を握る。中には、古書市で買い込んだ本と、商売道具である〝紙〟が入っているのだ。

「仲間だよ、早く！」

ねねねの推論を証明するように、男が撃ってくる。幸いなのは、曲がり角が目の前にあったことだ。

読子とねねねは、すぐさま身を隠し、非常階段をかけ下りた。


「ファ――ック！」

かけつけた男は、気絶していた男を蹴りとばす。

「カルロス！　起きろ！」

カルロスと呼ばれた男が、目を覚ました。

「夢か？　リチャード、俺は悪い夢を見てたのか？」

廊下に唾を吐きながら、リチャードが毒づいた。

「おまえの夢なんざ知るもんか、それよりあの女たちは何者だ？」

「あの女たち……？」

リチャードの言葉に、カルロスは気絶する前の体験を思い出したかのようだった。

「夢じゃなかった……あいつは魔女だ、紙を使う魔女だ！」

「おまえ、なにかキメてるんじゃねぇか？」

怪訝(けげん)な色を隠しもせず、リチャードがカルロスを見た。瞳孔(どうこう)に異変は見られない。ドラッグを服用しているわけではないらしい。

「とにかく、早くセッティングをすませろとジョンからの命令だ。ブツは？」

「あ、ああ、そこに……」

まだ混乱が残っているカルロスは、床に放り出していたケースを指さした。

床に転がった、スーツケースを。


「興味深い事態となった」

大英図書館特殊工作部、日本支部の会議室では、男たちが変転する事態を見つめていた。

「この手の事件は、日本では初めてのケースだな」

「確かに、日本政府がどう出てくるかは見物だ」

「実際のところ、その古本はそれほど価値があるものなのか？」

「この場合、問題となるのは国際世論のほうだろう。政府は面子(めんつ)にかけても事態の解決を図るはずだ。金銭的か、武力的かはわからんが」

「諸君」

飛び交う意見を、ジェントルメンの一言が収めた。

「君たちなら、この事態をどう解決する？」

銀髪が、手を上げる。

「特殊部隊で鎮圧いたします。人質の命を最優先し、コレクションを次に設定して」

「優先順位の理由は？」

「人命は、なによりも貴重だからです」

ジェントルメンはしばし黙り、銀髪の言葉を吟味するかのように口を動かした。

「……MI6は、ずいぶんと人道主義になったものだな」

銀髪の眉が動いた。ジェントルメンの言葉に、皮肉のニュアンスを感じとったのだ。

「ミスター。しかし、私の言っていることは正論です」

「正論だとも。だからおもしろくない」

「平和を愛する貴方としては、珍しいお言葉ですな」

銀髪とジェントルメンのやり取りに、空気が硬質化していくのがわかる。

そこに緩和剤を撒いたのは、ジョーカーだった。

「ミスター」

「なんだ？」

「私なら、優先順位はつけません」

かすかなざわめきがわきあがる。

「コレクションを、人命と同列に扱うということかね？」

リアクションを返したのは、ジェントルメンではなく銀髪のほうだ。

「そういう意味ではありません。つける必要が無いからです。わが特殊工作部のザ・ペーパーがいれば、人質もコレクションも、傷一つなく救出できます」

ざわめきはどよめきへと成長した。

「随分な口をきくな」

「確固たる自信のもとに」

銀髪を軽くあしらい、ジョーカーはジェントルメンに向き直る。

「いかがですか、ミスター。この事件、ザ・ペーパーにまかせていただけませんか？　そしてできれば、それを次なる作戦の参考として提出させていただきたく思います」

皺の間から、ジェントルメンがジョーカーを睨む。

「おもしろそうな、話だ」

「ミスター！」

銀髪は、立ち上がらんばかりの声をあげる。

「よかろう。やってみるがいい」

「ありがとうございます」

ジョーカーは、彼の大きな武器である魅力的な笑顔を作り、宣言する。

「ザ・ペーパーに、出動を命じます。大英図書館特殊工作部の名誉においてめいよ」

ジョン・スミスはスーツケースを開いた。

そこには折り畳まれたたた新聞紙、ポストイット、メモ用紙、A4サイズのコピー用紙、そして文庫本、ノベルスの類たぐいがぎっしりとつめこまれている。

この中には、あるべき物が無かった。

「つまりだ、きさまはその女に叩きのめされ、ケースを奪われたというんだな? カルロス」

カルロスは、青い顔をして答える。

「奪われたんじゃない。たぶん……ヤツが、間違えて持っていったんだ。俺のケースに似てたし」

「叩きのめされたことは否定しないわけか、ふん」

ジョンは、声にも態度にも侮蔑ぶべつを隠そうとしない。

「となると、俺の命令は単純だ……」

顔を思いっきり近づけ、唾つばを飛ばして怒鳴りたてる。

「探せ！　奪い返せ！　そして殺せ！」

身を硬直させ、カルロスが頷うなずく。

荒々しくケースを閉めようとしたジョンが、なにを思ったか動きを止めた。

「………………………」

今一度、ケースを端から端まで眺めてみる。

こんなものを使う奴がいた。昔いた。

「カルロス……」

ジョンは、部屋を出ようとしたカルロスを呼び止める。

「もう一度話せ。その女は、どんな魔術を使ったって？」


地上四〇階ともなれば、通常の本屋にはない施設がいくつもある。

読子たちがたどりついた二三階も、そんな一つだった。

「なにここ……？　ホテル？」

そこは、休憩、宿泊もできるワンルームホテルのフロアーだ。本を買い込んだ身を休めるためのものだろう。

「泊まりの施設まであるなんて、この本屋、一度入ったら出られないんじゃない？」

ねねねの言葉を裏付けるように、横では読子がうっとりと目を潤ませている。

「ステキ……この中にいれば、一生本を読んで買って読んで買って読んで買って……」

「正気に戻ってよ、センセ。……追っては来てないみたいだけど。とりあえず、ここに隠れてればいいかな?」

　ねねねはロビーを覗き込み、設置されているTVのスイッチを入れた。

　ほどなくして、画面に緊張した顔のキャスターが映し出される。

『この時間は、予定を変更して特別報道番組をお送りします。本日午前に開店した大型書店、『バベル・ブックス』がテロリストに占拠されました』

「!」

　読子とねねねは顔を見合わせた。

『一味は〝レッド・インク〟と名乗り、日本政府を相手に身代金一一〇億円を要求しています。この要求が呑まれない場合は、イベント用に借り受けられたナルニア国皇太子の秘蔵本を破棄すると言っています』

「あれ、テロリストだったの!?」

　せいぜい強盗かなにかだったかと思っていたねねねが、目を丸くする。

『ビル内には、各局の取材スタッフが残っているため、警察の対応も慎重にならざるをえません。現場の、磯崎さん』

　画面が切り替わり、小太りにメガネのレポーターが現れた。その背後には、見覚えのある建物が映っている。見覚えがあるのも当然、それは今、彼女たちがいるバベル・ブックスだった。

『磯崎です。現在、バベル・ブックスはかけつけた警官隊、機動隊によって包囲されています』

なるほど、画面の端に警察用車両が見てとれる。

『本を買いに訪れていた客は、どうやら解放された様子ですが、すでに責任者の毒島氏をはじめとして、何人かの被害が出ています』

ここで画面は、毒島がジョン・スミスに撃たれる場面に切り替わった。

「!?」

未見の二人は、少なからず衝撃を覚えた。読子にしてみれば、ほんの二時間かそこら前に会話をしていたのだから。

『警察は、人質の人命を最優先に事態の解決に取り組んでいます。なお、ナルニア国からのコメントは、まだ入っておりません』

梅雨(つゆ)前のじっとりとした空気のせいか、それとも押し寄せた人の熱気のせいか、レポーターは額に汗を浮かべていた。

それを見ていたねねねの額にも、わずかな汗の玉が現れた。

「本屋さんにテロリスト……マヂ？」

「日本も、物騒になったものですねぇ……」

読子の反応は、どこか人ごとのように聞こえる。

「じゃあ、さっきのもその仲間だったんだ」

「たぶん……」

「どうする？　どうやってここから出る？」

「…………………………」

読子の眉が傾いた。その時である。画面の中に、変化が起きた。

警官隊、群衆、報道陣のスタッフが、いっせいに空を見上げたのだ。

『なんだ、あれっ!?』

放送中であることを忘れ、磯崎も上空を仰ぎ見た。カメラのレンズもそれを追う。

「!?」

いつのまに、というべきか。そこには飛行船の巨体が浮かんでいた。

『こんな時に、どこのだ!?』

『許可は？　許可は出てるのか!?』

警備関係らしき男たちの声が漏れ聞こえてくる。

読子とねねねも、フロアーの壁にある大窓に向かった。

ビルよりやや上、という位置に飛行船が見えた。かなりの低空飛行だ。宣伝用にしては、何の文字も書かれていない。正体不明の巨体の出現に、眼下は色めきたっている。

『なんでしょう、あれは？　事件に関係あるのでしょうか？』

レポーターの口調も、どこかあやふやだ。

「…………………………」

誰もが空を見上げていた。この唐突な船が、なにを始めるのか？

やがて、船の底からなにかが散り始めた。それは四角く、薄く、白い紙片だ。

「紙……？」

ねねねがつぶやいた。

何百枚もの紙片が、飛行船の底からバラ撒かれていく。ずいぶん前に、百貨店の開店告知などで下町にビラが撒かれることはあったが、今、そんな宣伝方式を取る者はいない。

ヒラヒラと、風に揺れながら紙は地上に降り落ちる。

何人かがそれを手にした。

「なんだ、これは？」

しかしその誰もが、紙の意味を理解できなかった。

それもそのはずである、その紙々は、たった一人のためにバラ撒かれたのだから。

「なんだろ、あれ？」

ねねねが窓に張りついて、どうにか紙に書かれている文字を読みとろうとする。だが、不規則なダンスを続ける紙片からそれを読むのは、なかなか難しい。

その横で、読子も紙を見つめた。

「…………………………」

「……センセ？」

そこへ、風が吹いた。ビルに向かって、風が吹いた。紙は躍り、読子たちのガラスにへばりついた。

ガラス越しに、紙に書かれた文字が読めた。


『THE PAPER NOW ON SALE!』


「！」

書かれているのは、これだけだった。新聞の広告のような文面だったが、読子はその言葉の裏にある意味を理解していた。

これは、大英図書館特殊工作部の秘密コードだ。その内容は……。

「センセ？」

ねねねは、紙を見た読子の変化に気づいていた。ほやほやとした雰囲気が消え、瞳の奥に鋭さが生まれている。

読子はもう、変わっていたのだ。

読子・リードマンからザ・ペーパーに。

「あんな目立つ連絡方法を取る必要があったのか？」

銀髪が、イヤミをまじえた口調でジョーカーを見る。

「あれなら、読子がどこにいようと伝わるはずです」

「外ならともかく、もしビルの中に残っていたらどうする？　ビラの受け取りようがないではないか」

しごくごもっともな意見を、ジョーカーは笑顔であしらう。

「ご安心ください。すべての紙は、彼女の味方です」


読子はスーツケースを横倒しにしていた。任務開始となれば、準備しなければならない。

「菫川さん、危ないからあなたはここに隠れててください」

「いや」

いつになくマジメな読子のひと言を、ねねねはあっさりと否定した。

思わずケースを開けようとした手が止まる。

「センセ、これからなにかする気でしょ。見逃す手はないもんね」

ねねねに浮かんだ好奇心は、どんな説得にも応じそうにない。

「冗談じゃなくてぇ。ほんとにほんとに危ないんです。先生の言うことを聞いてください」

「センセ、もう私の先生じゃないじゃん」

ちょっと聞くと矛盾(むじゅん)しているような、ねねねの言い分だった。意味は通じるが。

「もうっ。テロリストと戦うんですよ！　わがまま言ってちゃ……」

ケースを開いた読子の言葉が止まった。

中に、見慣れないものを見てしまったからだ。

ケースの中には、布団がわりにした新聞紙、お気にいりの本、そしてメモや付箋やコピー用紙などの、読子の〝愛用品〟が入っているはずだった。

しかし今、そこにあるのは緩衝材に包まれた、薄黄土色をした長方形の物体だった。

「なにそれ？」

読子の頭に、先刻の光景がフラッシュバックしてくる。

あの、サイン会場外の廊下で男から逃げた時だ。

慌てて床に落ちていたケースを取った。しかしそれは、あの男のケースだったのだ！

「……間違えちゃいました……」

とほほ、としかいえない顔で読子がうなだれる。

「ケース？　さっき？　まあ、急いでたしね」

ねねねはなにげなくケース中の物体をつかむ。粘土のように柔らかい弾質だ。

「で、これなんなの？」

読子は記憶の谷を掘り返す。ずっと前に、短期間諜報部―ＭＩ６にいた時、それに似たものを見たことがあった。

「確か……プラスチック爆弾じゃないかと」

「ぶっ、ぶぁくだん!?」

驚いたねねねが、思わずそれを取り落とす。

「！」

血の気が引き、心臓が凍りついた。

しかし、それはべた、と地面にはりついただけで、火花一つたてない。

「だいじょうぶです。起爆装置をつけない限りは、爆発しません。……と、説明書で読んだことがあります」

「センセ……爆弾の説明書なんて、どこで読んだの？」

ねねねが、まだ波打つ心臓を押さえる。

それに答えず、読子は眉をしかめた。

「ということは……私のケースは……」

「あの人たちが、持ってったんでしょーね」

「ああっ！」

読子は頭を抱え、ぶんぶんと上半身を振った。

「せっかく！　せぇっかく！　あの本が見つかったっていうのに！」

「あの本？」

言うまでもなく、古書市で見つけた『そばかす先生』のことである。

読子は、それをあきらめる気など毛頭なかった。こうなったら、取り返さなくてはいけない。ここに任務と趣味が、美しく一致したのである。

ケースにプラスチック爆弾をしまい、つぶやく。

「……でも、とにかく紙を補充しておかないといけませんね」

今、読子の手元には、ほとんど紙がない。普段なら、コートのポケットに入るだけの本を入れておくのだが、今日は古書市ということでケースにしまっておいたのだ。

サイフの中身も、古書市で買いまくったせいで、紙幣は一、二枚しか残っていない。

だがしかし、ここは書店だ。しかも史上最大の書店だ。

上か下のフロアーに行けば、紙は無尽蔵にある。

「とりあえず、動きます」

「おうっ」

ねねねが立ち上がる。読子は半分あきらめの顔で、彼女を見る。

「……しかたありませんけど、私から離れないでくださいね」

「はいっ！」

ねねねはぐいっと、読子の腕にからみついた。

「そっ、そういう意味じゃなくてぇ！」

赤くなった読子の背後から、ポン、と柔らかい電子音が聞こえた。

振り向くと、エレベーターのドアがまさに開くところだった。

「！」

しまった。ビルが占拠されたのなら、中枢部はテロリストの手に落ちているはずだった。ホールの電源、警備用のカメラが常時チェックされているのだ。エレベーターが止まったのも彼らの仕業に違いない。そして今、動き出したのも……。

正解を祝すように、エレベーターのドアが左右に開ききった。

中には、銃を構えた男たちが立っている。すべての指が、引き金にかかっていた。

「菫川先生！」

読子が力いっぱい、ねねねを引っ張った。抱き合うような形で、廊下の奥へ転がる。スーツケースがバウンドして、二人に続いた。

一秒も間を置かず、二人の立っていた場所に銃弾のシャワーが降り注いだ。

「ヤツだ！　殺せ！」

カルロスを先頭に、男たちがフロアーに飛び出てきた。穴だらけになったカーペットを踏みにじり、二人の消えた後を追う。

「菫川先生、お願いです！」

読子はスーツケースをねねねにまかせ、近くのドアに飛びつく。

当然ながら、鍵がかかっていた。

「！」

咄嗟に、サイフから一万円札を引っ張りだし、ドアと壁の間をスライドさせる。チン、と短い音をたて、鍵が切断された。

ドアを開けると、廊下の向こうから男たちの足音が聞こえてきた。

「入って！」

ねねねをひきずりこみ、ドアを閉める。

銃弾が、扉の表側を削る感触が伝わってきた。

シングルルームの狭い部屋を見まわす。枕元、電話の横にメモ用紙のセットがあった。読子はそれを手に取る。わずか五枚。

「窓へ！」

ねねねに指示し、自分はメモを破ってドアと壁に重なるように貼りつけていく。これでどのくらい時間が稼げるだろうか。

そうしている間にも、銃弾はドアにゴツゴツと当たってくる。

部屋には机と椅子、そしてＴＶとベッドがあるだけだ。

「紙！　か、本はありませんか⁉」

ねねねが机の引き出しを開ける。そこには、宿泊案内のパンフがあるだけだった。しかもそれは一枚を三つに折り畳んであるものだ。さらに悪いことに、ビニールでコーティングされている。これでは読子の能力が通じない。

ドアが悲鳴をあげ始めた。ストッパーになっているメモ用紙も、限界に来たのか端が剝がれ始めている。

「…………………！」

サイフを開く。紙幣はあと、五千円札が一枚しかない。破って使っても、その場しのぎにしか使えないだろう。

「センセ……」

さすがにねねねが不安そうな顔を見せる。

「だいじょうぶ、だいじょうぶです……」

読子の脳がフル回転した。窓の外はベランダだ。地上までは二三階、八〇メートルはある。なにか、脱出の方法は……。

「！」

追い詰められた読子の脳に、光が灯った。

「菫川さん！　出て！」

読子はベランダの鍵を開けると、ねねねを外へと突き出し、自分はドアがきしむ廊下へとかけ出した。

「先生！」

ドアの悲鳴は、断末魔の叫びと変わった。

メモ用紙が剝がれとび、

「どけ！」

崩壊寸前だったドアが、カルロスの靴底で蹴り飛ばされる。

入口付近、開け放しにされていたバスルームのドアを荒々しく閉め、男たちが室内に殺到した。

「！　きさま！」

カルロスが、そして男たちが見たのは、ベランダを乗り越えようとする読子の姿だった。その背には、手にスーツケースを握ったねねねがしがみついている。

自殺⁉

「ケースを、よこせ！」

「…………」

返答することなく、読子は宙へと身を躍らせた。

「ひゃあんっ！」

さすがに恐怖をおぼえたか、背中のねねねが短く叫ぶ。

「しまった！」

ケースが外部に落ちては、回収が困難になる！　カルロスたちは、ベランダへ走った。

「おいっ！」

背後の男が、いち早くそれに気づいた。ベランダの鉄柵（てっさく）に結ばれている、白い布に。

「!?」

鉄柵から身を乗り出したカルロスは、予想していたものとはかけ離れた光景を見ることになった。

地面に激突したと思っていた読子とねねは、五階ほど下の外壁にぶら下がっていた。その腰には、鉄柵から伸びる白い布が巻き付けられている。

いや違う！　布じゃない！

それは布ではなく、紙だった。見覚えのありすぎる紙だった。

トイレットペーパーだ！

読子は、バスルームからトイレットペーパーを持ち出し、それを命綱（いのちづな）にしてベランダから飛んだのだ！

無論、トイレットペーパーにそんな強度があるはずがない。それは一重（ひとえ）に、読子の紙使いとしての能力である。

はるか地上では、警官隊やマスコミも、この光景に気づいていた。

外壁にブラ下がっていた読子は、目前のガラスに取り出した五千円札で円を描く。

「うっ、撃てっ！」

我に返ったカルロスたちが、階下に向かって銃を構える。

しかし一瞬早く、二人は窓に開けた穴からビル内へと飛び込んだ。行き場を失った弾丸が地面にむかって浪費される。

「ちいっ！」

イラだちまぎれに鉄柵のトイレットペーパーを引っ張ると、それは弱々しくちぎれた。読子の能力から解放されたのだ。

「くそっ！　魔女がっ！」

「いや、魔女じゃない」

カルロスの後ろから、ジョンが歩みよる。

「この腕前、間違いない。ヤツは紙使いだ。魔女よりもっと厄介な相手だな」

ジョンは鉄柵のペーパーをむしり取る。そこに、なにか黒いものが見えたからだ。

「そんな厄介な相手から、爆弾をどうやって取り戻せばいいんだ？」

皺になったペーパーを広げたジョンは、紙面に目を走らせて、楽しそうに答える。

「心配するな。紙使いには紙使いの弱点がある」

ペーパーには、部屋備えつけのペンで書かれたメッセージが残されていた。

『私の本を、返してもらいます』

挑戦ともとれる文章に、ジョンが笑顔を見せた。

眼下がざわめく。ベランダから女がバンジージャンプを決めたのに続き、テロの首謀者が姿を現したのだ。突然のニュースショットに報道陣は色めき、警官隊は緊張した。

ジョンは、警官隊の後ろに装甲車が留まっていることに気づく。

「ほぉ……連中、思ったより早くやる気だな」

それが予測された事態であることをほのめかせ、背後に立つ男に指揮を飛ばす。

「五フロアーまでを、臨戦態勢に持っていけ」

そして身を返し、再度室内へと戻る。

「世界で最も文学的なテロリズムを、見せてやる」


「動いたな、ザ・ペーパー」

ベランダから飛び下りる読子の映像は、TV局によって繰り返し繰り返し放送された。

ジェントルメンの元に集まった男たちは、それを見て口々に意見を述べる。

「活動を撮影されるなど、エージェントとしては失態ではないのか?」

「後ろ姿ですし、ズームも引いています。面相がばれる恐れはありません。あの少女も、カバーになっていますし」

「その少女は、民間人だろう。民間人を任務にまきこんでいるのは、厄介だぞ」

「その後の映像を思い出してください。ベランダに現れたテロリストが、二人に向かって発砲しています。つまり、彼女はあの女の子をテロリストから救っているのです。視聴者には、好意的な印象が残るはずです」

男たちの指摘を、ジョーカーは持てうるだけの機転で切り抜けていく。しかし第一ラウンドは、十分に手応えがあった。

ジェントルメンは、無言で画面を見つめていた。最終的な決定権は彼にある。

ジョーカーにできるのは、ここで読子の行動を徹底的にフォローすることだ。

それが、今この状況でのチームワークだった。

「……………」

ただ一つ、ジョーカーには気になることがあった。あの少女だ。

自分でフォローしたばかりだが、あの少女がいざという時、彼女の弱点にならないよう願うしかない。

あるいは、サポートが必要かもしれない。

ジョーカーは、脳の別角を使って新たなシミュレーションを開始した。

「わーっ、わーっ、びっくりしたぁっ！」

窓ガラスに開いた穴からビル内に飛びこんで、ねねねは大きく息をついた。どうやら、ずっと息を止めていたらしい。トイレットペーパーを使ってのダイビングは予想以上に刺激的だったらしく、顔も紅潮（ちょうこう）気味である。

「もう、絶対に死んじゃったって思ったよ！」

「死にませんよ。私は世界じゅうのまだ読んでない本を読むまでは、死なないって決めたんですから」

「それって、いつまでたっても死ねないんじゃ……」

身体にまきつけていたトイレットペーパーをほどく。二人ぶんの重量は負担だったか、ペーパーのあちこちに裂け目が見えた。再利用には、いささか不安が残る。

「菫川先生、紙のお金とか持ち合わせてませんか？」

「コンビニとかで使ったから、コイン系しかない。カードならあるけど」

ねねねの頼もしい印税も、カードではこの場合、役に立たない。

「どこかで、また紙を調達しないと……」

どうやら、そこは廊下（ろうか）のようだった。

読子は天井をざっと見渡した。監視用のカメラは見当たらない。売り場に行けば本はたやすく入手できるが、万引き防止用のカメラに見られるおそれがある。ことは慎重に行わねばならない。

「どうしましょうか……」

読子は顎に指を当てて考える。

「センセっ！　アレっ！」

窓の外を、ねねねが指さした。

眼下では、装甲車がその身を動かし始めていた。どうやら、一階から侵入して強行突破を試みるつもりらしい。

「日本で、こんなの見られるなんて……」

「不謹慎ですよ、菫川さん」

咎めたものの、読子も下方で繰り広げられる攻防に注目していた。


コントロールルームでは、正面、右上方、左上方から装甲車の姿をとらえていた。装甲車は正面玄関から正々堂々と乗り込んでくるらしい。

オペレーター席を陣取っていた男が、ジョンに連絡を取る。

「敵は正面からやってくる。さあ、おやすみ前になにを読んでやる？」

ジョンは笑いをこらえつつ、答える。

「百科事典が一番だ。あれほどいい気持ちで眠れる本は無いからな」

「了解」

オペレーターから、二階フロアーのチームに指示が下される。

新品同様の正面玄関自動ドアは、装甲車の体当たりをくらって粉々（こなごな）になった。

鋭角に割れた破片は、床に散乱していた雑誌の上に落ち、わずかな光を反射させる。

一階フロアーは、逃げまどった人たちが散らかした雑誌、本で床も見えないほどだ。

装甲車は、その罪も無い本を轢（ひ）きながら直進していく。他に方法が無いのだ。

奇妙なことに、何の抗戦もなく装甲車は中央階段に到着した。中央階段は、二階の雑誌売り場に通じる吹き抜けの階段だ。二階は完全に照明が落とされているので、様子を見ることはできないが。

装甲車側面の扉が開き、数人の機動隊員が降り立った。慎重に、あたりをうかがうが、人の気配は無い。

「……妙だ」

隊員の一人が、誰にともなくつぶやく。本でできた森は、不気味なほど静かだった。

レッド・インクは前例の無いテロ行為で多くの犠牲者（ぎせいしゃ）を出してきた集団だ。常に〝コンセプト〟を決め、〝殺しの芸術家〟を気取る奴らには、通常のテロ対策は通用しない。

それがわかっていながらも、彼らとしては正攻法を取るしかないのだ。

「…………」

不気味な一分が過ぎた。散開して様子を見るか、援軍に突入するよう指令を出すか？

そう迷っていた時である。

階段の上から、轟音が聞こえてきた。

「！」

それは波だった。本の津波だった。何百、何千という本が階段からあふれ落ちてきたのである。

「なんだっ⁉」

ベキバキと、重厚な音がする。その本は、どれも分厚い百科事典の類だった。銃弾による攻撃を予想していた一同は、一瞬事態が把握できず、口を開けて硬直した。

本の波はすぐに階段を滑り落ち、床に広まった。その上に、第二波の辞典が重なっていく。押し寄せる叡知の波が、装甲車と隊員たちを襲った。

「⁉　いかん！」

囲まれて初めて、敵の戦略に気づく。

百科事典は重いのだ。豪華な製本、上質紙のページ、通常の本より何倍も重いのである。それが何千、何万と周囲を埋めつくしていく。

「後退しろ！　早く！」

指示を受け、装甲車がバックを試みる。しかしタイヤはまるでぬかるみにハマったように、辞典のページを飛沫と破りあげるばかりだ。

「くっ……！」

隊員たちは、膝まで辞典に埋もれながら、どうにか退却しようとする。

知恵を説くべき辞典が今、恐るべき武器となって全員を襲っていた。

モニターでそれを見ながら、ジョンが愉快そうに笑う。

「使いようによっちゃ、まさに本は兵器だ。こいつは土嚢のかわりだが……土嚢と違うトコは、よく燃えるってことだな」

口の端から牙が見えそうな、悪鬼の笑みだった。

階段の上に現れた影が、百科事典の上に液体を撒く。その独特の匂いに、隊員たちは瞬時にその正体を悟った。

「ガソリン⁉」

次の瞬間、折り重なった辞典の上を、炎の蛇が這いずり回った。

「うわっ、うわああっ！」

ぼう、と短い音に続いて、正面玄関から火に包まれた隊員たちが出てくる。誰もがのたうち、転がりながら助けを求める。

「消せ！　早く！」

警官たちが、上着や毛布でバタバタと叩く。どうにか火は消し止めるが、隊員は苦しげな呻きを漏らし続けている。

「病院へ！　急げ！」

入口奥では、装甲車が燃えていた。周囲の百科事典に炙られるように。

炎が機関部に入ったか、装甲車が派手な音をたてて爆発する。

「うわっ！」

正面入口から、熱風が吹き出してくる。燃える紙片を伴った、強い風が。

第二陣として、突入を準備していた隊員たちが倒れる。

ほんの数時間前に、毒島がテープカットを行った正面入口は、今や戦場と化していた。


「スゲぇ！　まったくもってスゲぇ！」

ジョンは、手を叩きかねない喜びぶりだ。

「俺は聖書とエロ本が愛読書だが、百科事典ってのがこんなに役立つとは思わなかったぜ！」

彼は自分の考えた、テロリズムの歴史に残る戦術に満足していた。仕上げに、コントロールルームに通信を入れる。

「スプリンクラーで、消しとけ！　これで連中もしばらくおとなしくしてるだろ！」

「…………………」

ねねねは、言葉を失っていた。

アクション映画のような場面が、自分の真下で繰り広げられている。

装甲車が入ったきり出てこないと思ったら、誰かが火ダルマになって飛び出した。しめくくりは、ビルをも揺るがすような爆音だ。

「いったい、なにやってんの……？」

想像力をもってしても追いつけない現実に、ねねねは戸惑いを隠せない。

「許せない……」

彼女の言葉が耳に入ってないように、読子がつぶやく。

読子は見たのだ。爆風の中に、本が飛び散っていたのを。

彼女にはわかる。ジョンたちは、本を悪用した。

「……あんなふうに使うなんて……本を、なんだと思ってるんでしょう」

「センセ？」

ねねねは、読子から尋常(じんじょう)でない熱気が発せられていることに気づいた。

「私、本当の本当に怒ってしまいました。あの人たちは、本の敵です！」

「っていうか、その前にもっといろんなもんの敵だと思うけど。テロリストなんだから」

ねねねの指摘も、読子には伝わっていないようだった。拳を握って、力説する。

「私、もう容赦しません。できません。火中に散った本の恨み、そして不幸にもその犠牲となった人たちの悲しみ、晴らさせていただきます!」

人より本のほうが先に出てしまうのが、読子らしいといえばらしい。悪気は無いのだろうが。

「でも、どうする気?」

読子は普段の寝ぼけぶりが嘘のように、ビシ! とねねねに向き直る。

「そこで、菫川先生にも協力してほしいのです」

初めて読子に頼られ、ねねねはつい自分で自分を指さした。

「あたし?」


「例の女が、ひっかかった」

コントロールルームのオペレーターが、ジョンに連絡を入れる。

『紙使いか?』

通信機越しに、ジョンが聞いてくる。

「いや、一緒にいた女のほうだ」

オペレーターの目の前にある画面の中に、ねねねが映っていた。

背後は暗い書棚が並ぶ部屋だ。

『何階だ?』

「三七階。在庫本置場だ」

『ケースは?』

ねねねは、スーツケースを踏み台にして棚の上にある本を取ろうとしている。

「持っている」

『よし、何人か向かわせる。それまで監視してろ。見失うなよ』

「了解」

通信を打ち切り、画面を見つめる。おそらく、紙使いのために本を補充しようとしているのだろう。まだカメラに気づかないとは、頭の悪い女だ。

ケースから降りたねねねを追うために、カメラを動かした時だった。

それまで背を向けていたねねねが、にやっと笑って振り向いた。

完全なカメラ目線だった。ツカツカとカメラに歩み寄り、身をかがめる。

「んっ?」

ぬっと、レンズの前にねねねの顔が出てきた。どうやら真下にケースを置いて、その上に立ったらしい。

「なにす……」

る、を発する前に、ねねねがポケットからスプレー缶を取り出した。ヘアセット用のムースだ。その噴出口が、レンズに向けられる。

「しまっ……！」

た、を発する前に、画面は吹き出たムースで埋まった。視界はたちまちゼロになった。

あの女、気づいてやがった！

急いでカメラを切り換え、別角度から写す。しかしねねねの姿は既にない。

何度かスイッチ、アングルを変えてみたが、その姿は忽然(こつぜん)と消えていた。

「くそっ！」

ジョンに報告することがためらわれた。見失うな、と言われて一分も経たない間の不始末だ。

「…………」

まあいい。すぐに仲間が何人か駆けつける。

オペレーターは、楽観論の下に自分のミスを押し込んだ。

エレベーターのドアが開き、三人の男がフロアーに出てきた。

「……いるか？」

「いや、見当たらない」

在庫本がみっしりと詰まった書棚が、迷路のように入り組んでいる。照明も薄暗く、視界も悪い。戦いには不適な場所といえる。

だが、男たちはジョンの麾下で数々の死線をくぐってきた者たちだった。

「相手は女二人だ。散開して、さっさと探しだそう」

皆が拳銃を手に、それぞれの方向に散った。


完成したばかりのビルなのに、なぜかその部屋は埃の匂いがした。

ここに置かれている本は、いわゆる在庫本だ。売り場でその本が売り切れれば、荷物用エレベーターで配送される。階下を表とするならば、裏舞台ともいえる場所である。

書棚は三重のスライド式で、大まかにジャンルわけされた本が突っ込まれている。開店までに全ての準備がまにあわなかったと見えて、通路にもうず高く本が積まれたままだ。静かだが、混沌とした空気をかきわけつつ、男は前に進んでいた。

ジャングルで、ゲリラを追いかけているようなものだ。

そう考えようとした。昼食後の、ちょっとした狩りだ。

男は通路の奥に目をやった。人の姿は無い。

相手は、武器らしい武器は持っていないはずだ。同士討ちだけは気をつけねばならないが、ものの一〇分で終わる仕事だ。

そんなことを考えている男の後ろで、書棚が静かにスライドしていく。最前列の棚が動き、一番奥の棚との間の空間をさらけ出す。すべては音も無く進められたので、男はまだ背後の異常に気づかない。

そこには、人影がたたずんでいた。光の無い闇の中で、なぜかメガネのレンズが光った。

「…………………」

影は、棚から一冊の本を抜き取った。

「!?」

男はそこで、ようやく背後からの気配に気づき、振り向いた。

だがもう、遅かった。


「ひぁぁぁぁぁぁ——……」

「!?」

かすれるような悲鳴が聞こえた。女ではなく、男のものだ。

なんだ!? 男は銃を構えなおし、書棚の間を声のした方向に走り始めた。

縦列、横列不規則に並び、床にまだ本の残っているこのフロアーは、まさに迷宮だ。

何度か行く手を阻まれ、引き返した後、男は悲鳴のあった場所に到着した。

「なっ⁉」

そこには、仲間が貼りつけられていた。服のいたるところを切り刻まれ、標本となった昆虫のように、書棚に留められてガクガクと震えている。

しかし驚くべきは、仲間が虫とするならば、それを止めているピンは細く丸められた紙だったのだ。

「なに、してる……？」

冗談かと思った。しかし仲間の顔に浮かんでいるのは、まぎれなく真の恐怖だった。

「ペー……パー……」

床に視線を落として、男は仰天する。そこには、仲間の銃が落ちていたからだ。銃は、縦に、二つに斬られていた。切断面は、どれだけ鋭利な刃物でも、こうはなるまいというほど滑らかだった。

「おい、どういう……」

とりあえず仲間を解放しようと、男が近寄る。本の散乱した床を歩いて。

「！　近寄るな！　罠だ！」

仲間の忠告は、残念ながら遅かった。男はなんの注意もせず、開かれた本を踏みつけた。途端にその本は、猟師がしかける罠のごとく閉じた。

男の足が、本に挟まれる。

「がああっ！」

信じられない叫びが出た。それは、信じられない痛みからくるものだった。

ただの本が、鉄の罠のように足をきりきりと責めあげていた。まるで、万力に挟まれているようだ。足の骨がミシミシと潰れかけていく。

男は苦悶の中で、自分の足にくらいついているものを見た。本だ。ただの本だ。ただの本が、なぜ!?

脳裏に疑問と苦痛を渦巻かせて、男は床に倒れた。

その一部始終を、オペレーターは見ていた。

見ながら、啞然と口を開けるしかなかった。書棚の中に隠れていた女は、手にした本から紙を破り取り、銃を斬った。剃刀のような切れ味だった。

さらに動揺を隠せない男の服を切り裂いた。身体にはあくまで傷をつけず。

そして驚愕に硬直する男を丸めた紙で止め、さらにやってくるであろう仲間にトラップをしかけたのだ。

オペレーターが戦慄したのは、その後だ。女は、準備を終えるとカメラを見た。カメラ越しに、強い視線を投げかけてきた。

この女、気づいている！

気づいているどころではない。女は次の瞬間、カメラの前から消えたのだ。

彼女はカメラの動きを熟知している。その切り換えで生まれるタイムロス、アングルでの死角を縫いつつ、暗躍しているのだ。

これが紙使い。紙の、そして本のプロフェッショナル。

オペレーターは、自分のミスをジョンに報告するしかなかった。


「ふん、やっぱりな」

ジョンの反応は、意外にも穏やかなものだった。

「本屋は紙使いのホームグラウンドだ。生半可な手口が通じるわけはない」

「どうする？　他のフロアーから、増員するか？」

「いや、俺が行く」

ジョンは、かたわらに置いていたスーツケースを叩く。

「連中には、それなりの攻め方ってもんがある」


罠にかかったウサギのごとく、床に倒れた男に、読子が近寄った。

「……全員、降伏してください。これ以上、人も本も傷つけないで……」

そこまで喋って、読子は男が気絶していることに気づいた。時差設置型の〝能力〟だったため、加減ができなかったのかもしれない。

読子は慌てて本から能力を解く。ぱたん、と本が足を解放した。どうやら骨格に異常は無いと見え、胸をなで下ろす。

突然、書棚の端が弾け飛んだ。

「！」

通路の奥から、銃を持った男が迫っていた。

「殺れ！」

書棚に留められている男に言われるまでもなく、新たな銃弾が飛んでくる。

「！」

読子は身を翻し、側にあった台車に飛び乗った。

「台車⁉」

乗るが早いか、棚を蹴り飛ばして反動をつけ、台車をスタートさせる。

「追え！　追え！」

倒れた男の横を、最後の男が走っていった。読子の乗った台車は、すでに書棚のさらなる奥へと向かっていった。


「センセって……怒るとホントに、コワいんだ……」

　ねねねは、書棚の陰から男たちが次々と倒されるのを、盗み見ていた。

　囮（おとり）としての役目を果たしてからは、ここに隠れているように言われたのだ。カメラの死角にあたる場所で、ここでスーツケースを見張っていろとのことだった。

　ちょこちょこ顔を出してはひっこめ、読子の活躍を見ていた。普段のぽやぽやぶりが信じられないほどの活躍だ。

　読子はあんな能力を、いつどこで身につけたのだろう。好奇心が刺激される。読子はねねねが出会った、またとない興味対象だった。

「……あれ？」

　視線を飛ばすと、そこに見慣れたものがあった。通路の向こうに、スーツケースが置いてあったのだ。

「…………」

　テロリストと取り違えたものは、今自分の手元にある。ということは、あれは疑いなく読子のものだった。

「…………？」

　あれはいつからあそこにあっただろう？　テロリストが持ってきていただろうか？　読子を追いかけまわしているうちに、置き忘れてしまったのだろうか？

　ねねねの中では、明確な答えが出なかった。彼らがフロアーに来た時には、書棚の奥に隠れていたので、その姿を見ていないのだ。

「…………」

しかし、あれは読子のものに違いない。なら、ここで確保しておくのが正解ではないだろうか？　ぼやぼやしてると、敵の増員が来るかもしれないし、それになにより、あの中には読子が古書市で買った本が詰まっているのだ。

ねねねはそっと、その場を離れた。人の気配を探りつつ、ケースに向かう。通路のどこにも、テロリストは見つからなかった。

「らっきー」

読子の喜ぶ顔が浮かんだ。

把手(とって)に手をかけ、運ぼうとする。

「うんっ!?」

ケースはずしりと重かった。本が詰まっているのだから、当然だが。

「もう、センセったら、買いすぎだって……」

横倒しにして、中を確認しようとする。こんな重いスーツケースが、他に幾(いく)つもあるとは考えにくいが。

留め金をハズし、蓋(ふた)を開けると、中身のほうが先に飛び出してきた。

「!?」

それは、腕だった。銃を持ち、ねねねの顔に突きつけていた。

「……ハイ、お嬢ちゃん」

ケースの中には、身体を限界まで折り畳んだジョンが入っていたのだ。

「俺はジョン・スミスだ。あんたは？」

唾を呑み込み、ねねねが震える声で答える。ジョンの簡単な質問は、英語が苦手なねねねにも理解できた。

「菫川、ねねね……」

「ニニニ？」

ジョンは、発音しづらそうに顔をしかめた。


「死ねっ！　死ねっ！」

走りながら撃つと、当然ながら狙いがつけにくい。

男の撃つ弾丸は、ことごとく読子に当たらなかった。

しかも、台車はまるでその速度を落とさない。ピンボールの玉のように壁を、書棚を、本の山を蹴りつけ、反動で走り続けている。

世の中に、これほど台車を自在に扱う女がいるとは驚きだった。車、バイクとは言わないが、自転車を走って追いかけるような徒労感がある。

もしかすると、これは体力を消耗させようというあの女の罠かもしれない。そんな考えが頭を満たしていった。

「きゃっ⁉」

「ぐっ⁉」

疲労に思考が負けようとした時、目の前で台車が横転した。乗っていた読子が、床に放り出される。

チャンスだ！

男は一秒前の不安も忘れ、読子に走り寄った。サディスティックな期待感が、炎のごとく吹き荒れた。

「手間ぁ、かけやがって、このアマぁ……！」

荒い息が、威圧の言葉を区切る。だが向けた銃口は、確実に彼女を狙っていた。

読子は下から男を見上げて、凛とした口調で答えた。

「おとなしく、降伏してください。これが最後のチャンスですよ」

立場をわきまえない読子に、男の怒りが頂点に達した。

「うるさい！　おまえがするのは命乞いだ！」

読子はなにかをあきらめた顔になり、右手を伸ばして一冊の雑誌を取った。

「ん……⁉」

その雑誌は、ありふれた女性のファッション誌だった。だが、ありふれていない場所に置かれていた。男の身長より高く積み上げられた在庫の、下のほうに位置していたのだ。さらにつけ加えるなら、引き出しやすいように半身を出していたため、積み上がった雑誌のバランスはきわめて不安定になっていた。

読子が引き抜いたことにより、その斜塔(しゃとう)は自重を支えきれず、目前の男めがけて倒れてきた。

「がっ、ああっ!?」

男を、すさまじい圧力が襲った。女性のファッション誌は、雑誌の中で最も重い部類に属する。しかも大判のものが多いため、店頭に並べるだけで書店員を腰痛持ちにさせるほどだ。その圧倒的な重さの前に、男はひとたまりもなく潰(つぶ)れた。

「うっ……」

山となった雑誌の間から、男の手が伸びていた。ぴくぴくと、痙攣(けいれん)している。全身打撲(だぼく)は免(まぬが)れないだろう。彼は追い詰めたのではなく、誘いこまれていたことにようやく気づいた。

「………………」

読子は埃(ほこり)を払い、立ち上がった。

「紙使い！」

もう一つの名前を、呼ぶ者がいた。

見ると、今走ってきた廊下の奥に、小柄で細身の男が立っていた。男の顔には見覚えがあった。毒島を撃った、あの男――ジョン・スミスだ。

「…………！」

しかし読子を驚かせたのは、その手に捕まっているねねねの姿だった。

「菫川先生！」

「さすがの腕だ、紙使い。俺の部下どもが、あっというまに三人もやられたとはな」

「……菫川さんを、離してください」

「紙使い……おまえは読書家だろ？　ご本をいっぱい読んでるんだろ？　こんな状況で、物語のキャラクターたちはどうする？　なにをする？　悪役の俺は、おまえになんと要求する？」

読子は黙ったまま、ねねねとジョンを交互に見比べる。

「〝紙を全部捨てろ。さもないと、この女の頭を吹き飛ばす〟」

ジョンの声は、芝居がかっているが真剣だった。

「センセ、ダメっ！」

ねねねの言葉が終わる前に、読子のコートの裏から、ポケットの中から、スカートの下から、何百枚ものちぎった紙が落ちてきた。

「センセぇぇ……」

ジョンは、弄ぶようにねねねの頭に銃を押しつけている。視線は、読子をとらえたままで。

「美しい！　正義の味方はそうでなくちゃな！」

ふらふらと、ぼろぼろの服を着た男が現れた。最初に、読子に〝留められた〟男だ。

「きさま……」

今にも殴りかかろうとする男を、ジョンが声だけで抑えこむ。

「やめろ。……それより、縛れ」

男は不服そうな顔を見せたが、しぶしぶジョンからロープを受け取り、読子を後ろ手に縛り上げた。

ジョンは、押されてよろめいた読子に顔を近づけて訊ねる。

「俺の知ってる紙使いは、男だったがな」

「！」

読子の顔に、冷たい色が射した。シザーハンズの時と同じだ。この男も、ドニーを知っている。

「……そう、ドニーだ。ザ・ペーパーだ。……おまえ、あいつの知り合いか？」

予想された問いがぶつかってきた。読子は唇を噛み、それでもジョンを見据えて答える。

「ドニー・ナカジマは死にました。今は、私がザ・ペーパーです」

「…………………」

ねねねは、脇から読子の顔を見ていた。

気丈にふるまう彼女の横顔が、いつもよりずっと美しく見えた。こんな時だというのに、ねねねの創作意欲は激しく刺激された。


人質になっているNHK、CNN、BBCのスタッフから、新しい映像が送られてきた。何時間ぶりかの中継に、関係者、視聴者がTVの前に張りつく。

無論、ジョーカーたちも同様だった。

画面に、ジョン・スミスの笑顔が大映しになる。

『全世界の視聴者諸君、元気か！　俺は元気だ！』

不気味なほどの上機嫌で、さらに言葉を続ける。

『誰も俺の元気を止めることはできない、警官隊も、装甲車にもな！　さて、親愛なる日本政府の諸君、一億ドルの準備はできたかな？　タイムリミットまであと二時間、急いだほうがいいぞ！　念をおしておくが、もし金が用意できなかった場合、ナルニア・コレクションは史上最も高価な灰になるし、今この中継をしてくれているカメラマンたちは、皆殺しになる！』

ふいに、カメラがぶれた。カメラマンが震えを抑えられなかったのだ。

『一億ドル、まあ〝スター・ウォーズ〟の一本でも作れば回収できる金だ。それで国際的な信用を失わずにすむんだから、安いもんだろう！』

カラカラと笑うジョンの背後を、二人の女が引き立てられていく。それを見て、会議室内の空気が凍った。

「！」

ジョーカーが、声にならない声をあげた。それは、後ろ手に縛られた読子とねねねだったからだ。

『じゃあ二時間後、一億ドルを積んだヘリをヘリポートまで寄越すんだな。人質とコレクションは、その時に引き換えだ。バイ！』

画面は唐突にブラックアウトした。しばらく間を置いた後、ＢＢＣのキャスターが汗をぬぐいつつニュースを続ける。

「どういうことだ！　ザ・ペーパーは捕まっているではないか！」

英国海軍が、ここぞとばかりに大声を出す。

「しょせんは女一人、テロリストにはかなわなかったのだ」

「しかも人質になっているのは問題だ。あの女から、どんな情報が漏れるかもしれん」

しばし、会議室を言葉の弾丸が飛び交う。ジョーカーは、黙ってそれに耐えていた。

「…………」

読子は、あの少女と一緒に捕まっていた。おそらく、彼の予想したとおりのことになったのだろう。エージェントとして非情になりきれないこと、これも読子の欠点の一つだ。

黙り込むジョーカーを誤解してか、男たちはさらに叱責を重ねてくる。

言いたいことは言わせておく。要は、ジェントルメンを納得させれば勝ちなのだ。

「ミスター……」

ジョーカーは、自分に向けられたすべての非難を無視し、ジェントルメンに向き直った。

「通常任務は、エージェントとそのサポートであるチームで遂行されます。任務のシミュレートとしてより完全を期すべく、サポートメンバーを現地に潜入させる許可をください」

ジョーカーの言葉に、男たちが騒ぐ。

「この期に及んで、なにを！」

「見苦しいぞ、若造！」

ジョーカーは、その非難も無視した。無視し、ジェントルメンを見続けた。

「……一名だけなら、許そう」

ジョーカーの顔に、明るさが戻る。

「ありがとうございます！　では早速」

ジョーカーは、懐から通信機を取り出した。

「……ドレイク？　ジョーカーです。今、どこにいます？　……キョート？　……実は、早急に任務に参加していただきたいのです。……休暇は、また改めてセッティングしますから。……はい。一時間で、来てください」

通信機を切ったジョーカーに、ジェントルメンが興味深そうに聞いた。

「誰を呼んだ?」

「ドレイク・アンダーソンです」

銀髪の眉がゆがんだ。その名前に、心当たりがあったのだ。

「……あの米国の、無愛想で無感情な岩男か」

「いいえ。ドレイクは、たいへんに繊細な感受性の持ち主ですよ。他人の陰口など決して言わない紳士です」

ジョーカーの皮肉に、銀髪の眉はさらにゆがんだ。


「ほらよ、返すぜ」

冷たい床の上に、スーツケースが転がった。

「……中身は?　中身はどこですか?」

ねねねと背中あわせに縛られた読子が、ジョンに問う。

「さあな。そのへんに放っちまった。なにしろ窮屈だったからな」

「ひどい!　持ってきてください、あれはずっと探してた……」

ばん!　と大きな音を立て、ジョンがケースを蹴飛ばす。

「悪いな、俺はちょっと忙しいんだ。これから」

ねねねから取り戻したケースから、プラスチック爆弾を取り出す。

「こいつをセッティングしなけりゃならない」

「……それで、なにをする気なんですか?」

ジョンは顔いっぱいに笑みを浮かべ、さも楽しそうに話す。

「屋上を、吹っ飛ばすんだ」

「!?」

「記者どもを、屋上に集める。政府のヘリに、一億ドルを落下させる。あとはヤツらが乗り込もうとしたタイミングを見計らって、下の階の在庫倉庫を爆発させる。こいつに、起爆装置をぶちこんでな」

ジョンは身振り手振りを加え、演技をしているかのように説明する。必要以上にエキセントリックに見えるしぐさは、この男の狂気を増幅させて見えた。

「一千万冊の在庫が、火の玉になってバラまかれる。周囲はもう大騒ぎだ。その間に、俺たちは地下から悠々と脱出させてもらう」

「そんなの、卑怯じゃないですか!? 嘘をつく気ですか!?」

ジョンは、読子の頬に手を当てて、言った。

「覚えとけ。嘘をつかないテロリスト、約束守る政治家、ドラッグをキメないロックスター、そんなもんはこの世にいない」

「コレクションは……どうなるんですか?」

「安心しろ。コレクションはまだ港だ。ここに、搬入されてもいない。俺たちがどこかの金持ちに、高く高く売り飛ばしてやる」

「……あなたは、本の敵です」

読子はジョンをにらんだ。

「…………」

ジョンが、数々のテロで血の海を作ってきたジョンが、その視線に怯まされる。

「……爆発するのはこの隣だ。ここにいれば必ず死ねる。……じゃあな、紙使い。あの世でドニーによろしく言ってくれ」

プラスチック爆弾を手に、ジョンが出ていく。読子はその背から、一瞬も目を離さなかった。

ジョンの姿が消え、倉庫に残ったのは、読子とねねね二人だけになった。

倉庫といっても、さすがに読子を警戒してか、一冊の本も置かれていない。ムキ出しのコンクリートに、パレットと呼ばれる木の板があるだけだ。

「ごめん……」

ねねねが、消え入りそうな声を出した。

「私が、捕まっちゃったから……こんな目に……」

しばしの間を置き、読子が答えた。

「謝るのは、私のほうです……」

背中あわせになっているため、表情は窺い知ることができない。しかし読子の声には、明らかに後悔の色がある。

「最初から先生を、逃がしていれば、こんなことには……」

「……あたしがついてくって言ったんじゃない、センセのせいじゃないよ」

「……いいえ。私、先生に甘えてたんです」

「えっ？」

読子の顔が、前に傾いた。

「……私、先生が一緒にいてくれることが、嬉しかった。口では迷惑っぽく言っても、心の中では嬉しかったんです。……だって」

読子のメガネが、わずかに下がった。

「……あれ以来、私はずっと一人だったから……」

「そんなの……」

自分だって、という言葉はねねねの口に止まった。だが口に出して言わなくても、伝わっていることはわかる。

しばし、二人は黙った。

静かに時だけが流れていく。

部屋の隅から隅まで見渡しても、メモ用紙一枚落ちていない。サイフは取り上げられた。本は無論無い。

覚悟の瞬間が、刻一刻と迫る。

口を開いたのは、ねねねだった。

「先生……」

「なんでしょうか?」

「ちょっと聞かせてよ。あの古本市で見つけた本、なんで探してたの?」

『そばかす先生の不思議な学校』のことだ。ついさっき、最後まで固執していた姿が、ねねねには印象深く残っている。

「……言いたくないことなら、いいけど……」

「……いえ。……あれは、ドニーと初めて会った時の、思い出の本なんです」

先代のザ・ペーパーにして、読子が殺めてしまった恋人。しかし今、彼の名前を口にした読子は不思議と穏やかだ。

「一五歳の時、……彼は二〇歳でしたか。私、イギリスにいたんです。飛び級で、大学の研究室にいました。専門は歴史。英国史です」

ぽつぽつと、つぶやきながら続けていく。懐かしむように、静かに。

「図書室で、初めて彼と会ったんです。同じ東洋系だったんで、ちょっと意識して……話しかけるのは、勇気でしたけど」

「なに？　先生のほうから声かけたの？」

「ええ、まあ……」

「やるじゃん。……なんて言ったの？」

読子はやや黙り、意を決したように答えた。

「……ずいぶん、つまらない本を読んでますねって……」

「なにそれ!?」

「そっ、そういう子だったんですっ……だってドニー、図書館まで来て童話とか読んでたんですよ。……あの頃はまだ、本は難しければ難しいほど偉いって思ってましたから……」

「……で、なんて答えたの？　ドニーさん」

読子はメガネを意識しつつ、続けた。

「……笑って言いました。つまらない本なんて、この世に無いって」

メガネは、ドニーの遺品である。読子はそのメガネから、まるでドニーが頬(ほお)を赤らめているような錯覚(さっかく)を感じていた。

「……本は、命と同じだって。誰かが望み、誰かに作られたものだって。……だから、全ての本には、生まれてきた意味があるんだって」

「ずいぶん、独特な見方をする人だったのね」

「そうですね。……私も、最初はなんて夢みたいなコトを言う人だって思っちゃいましたから。……それで言っちゃったんですよ。でもそんな、子供向けのお話にどんな意味があるんですかって」

今の読子からは、そんな態度はなかなか想像しにくい。

「そしたらドニー、日本語は読めるかって……私に、あの本を貸してくれたんです」

「『そばかす先生』？」

「ええ。バカにしてるって思ったけど……おもしろかったんですよぉぉ！」

読子の口調が上がった。縛られていなければ、手振りも加わったに違いない。

「す、すいません。興奮して……。でも私……読み終わった後、本無くしちゃったんです」

「げ。どうしたの？　ドニーさん、怒ったんじゃないの？」

「……怒られるのを覚悟して、次の週、図書館に行きました。無くしたって言ったら、ドニーは『おもしろかったかい？』って聞くんです。だから私、『はい』って答えたら……笑って『君を楽しませることが、あの本の生まれてきた意味だったんだよ』って……」

言葉の端々に、喜びが滲んでいた。読子の中で、その場面は鮮明に蘇っているのだろう。人生が、大きく変わった瞬間だ。

「ちょっと、キザだね……」

ねねねは苦笑してしまった。しかし読子も、クスッと笑って答えた。

「そうかも。……でも、そんな人だったんです。本当に、本が好きな人だった」

読子の言葉が、やや静かに変わった。

「……それからずっと、私、ドニーを追いかけました。大英図書館に勤めてるって聞いて、自分もそこを目指して……彼と、本の話をするのがとても楽しかったんです」

全てを過去形で語らねばならない寂しさ。穏やかな声の中に、それが時折見え隠れする。

「ドニーは『気にするな』って言ってくれたけど……『そばかす先生』は見つけて、返そうってずっと思ってたんです。持って歩くほど、お気に入りの本だったんですもの」

「なるほどね……」

納得がいった。

本は、人なしではその存在意義を得られない。本は人に読まれるからこそ本なのだ。だから人と本の間には、大なり小なりのドラマが生まれるのである。

読子と『そばかす先生』の間にも、こんなエピソードがあった。ねねねはそれを知ることで、小さな満足を得ていた。

「いい話だと思う。……どっかでそんな話、書いてみたかったなぁ……」

「そんな、先生……」

思い出話は終わり、現実が二人を支配した。

「…………………………」

再び沈黙が訪れる。だがそれは、前よりずっと早く終わりを告げた。

「……センセ、なんか聞こえない？」

確かに、息づかいのような音がした。しかもそれは規則正しく、次第に大きくなっていく。

「なんでしょう？」

音は、壁にある通風口から聞こえてきた。二人の視線が、そこに注がれる。

「ふはーっ！」

網(あみ)の向こうから、大きく息が漏(も)れた。埃(ほこり)が宙に舞う。

「？」

「ふんっ！」

けたたましい音を立て、網がふっ飛んだ。網は数メートルほど、美しい放物線を描いて床に落ちた。

四角い穴から、四角い顔が現れた。額には網の跡が赤く残っている。

「あっ!?」

「ドレイクさん！」

ねねねが疑問を、読子がその答えを口にした。四角い顔の男――ドレイクは、よくも入っていたものだというような巨体で穴から這(は)い出る。

束ねた金髪を後ろで結び、カーキ色のシャツ、迷彩ズボンに編み上げのブーツ。どこから見ても軍人だ。ぐい、と腰に巻いていた紐を引っ張ると、黒いアタッシェケースが通風口の中から飛び出てきた。どうやら、引っ張ってきたらしい。

「この人、センセの知り合い？」

「ええっと……し、仕事の同僚です」

この段になって、まだ読子は微妙に正体をはぐらかそうとしている。

ドレイクは、挨拶もすることなくズカズカと二人に歩みよった。

腰を落とし、読子の前に顔をつきつける。

「信じられるか？」

「はぁ？」

「俺は、一時間前までキョートにいたんだ。キョートの風雅な建築物で心を洗われていた。それが、いきなりジョーカーのバカから連絡が入って、すぐに任務に参加しろ、だと！」

かみつかんばかりにまくしたてる。その巨大な犬歯に、読子は本当に食べられるのでは、と錯覚した。

「おかげで俺は、下水道から潜入して地下六階から四〇階ぶんの通気口を這い上がってきたんだ！　おまえにピザを届けるために！」

ばん、とアタッシェケースを床に置く。

「今度こそ辞める！　もう辞める！　おまえのサポートなんざ、二度とごめんだ！」

そう言いつつも、ナイフで読子のロープを切る。

「ドレイクさん！」

読子は自由になったその手で、いきなり彼の拳を握った。

「ありがとうございます、ああ、地獄に仏とはこのことです！　私、私、菫川先生まで巻き込んで、どうしようかと思ってたんです……」

ぽろぽろと、涙をこぼす。思い詰めていた感情があふれたのだろう。

ドレイクはあたふたと剣幕を止め、顔を赤くした。

「なっ、泣くな、バカっ！」

「ドレイクさん、本当に、本当にありがとう……」

「……ふんっ！」

ドレイクは読子の手をふりほどき、ねねねのロープを切った。一人会話に取り残されていたねねねは、ドレイクのいかつい顔をしげしげと見つめる。

「……つまりこの人、味方なのね？」

「なんだ、こいつは？　コギャールか？」

「ドレイクさん、そんな言葉どこで覚えてきたんですか……」

ぐしぐし涙をこすりながら、読子が笑った。

「……ジョーカーから、届けもんだ」

ドレイクが、ぶっきらぼうにケースを指さす。読子は頷いて、それを開いた。

「………………」

その中に収められているものを見て、読子の顔つきが変わった。

「戦闘用紙一式だ。確かに届けたからな」

「ドレイクさん……」

読子は、声のトーンまでも変わっていた。

「菫川先生を、無事外に連れ出してください。それと、人質の保護をお願いします。脱出ルートは、私が作りますから」

「わかった」

「センセ！」

ねねねが、読子に近づく。

「菫川先生。私は、残ってすることがあるから。外で、待っててください」

「でも……」

「今度こそ、お願いします。これから先は、私の仕事なんです」

ドレイクが、ねねねの肩をつかむ。

「あんたがいると、足でまといなんだよ」

「うるさいっ。わかってるわよ！」

　ドレイクの英語が理解できたわけではない。あくまでニュアンスである。ねねねはもう一度、読子に向き直った。

「菫川先生……」

　ねねねは読子の頬をつかみ、びろっと引っ張った。

「ひっ！」

「あぁ？」

　ドレイクが、頓狂な声をあげる。

「ひゅ、ひゅみれがわ、へんへ……」

　頬をぐねぐねと弄ばれながら、読子が戸惑う。

「……ちゃんと帰ってきなさいよ」

「ひゃい？」

「もう、次の小説書き始めてるんだから……。一番早く読みたかったら、ちゃんと帰ってきてよ、先生！」

　読子は頬を引っ張られながらも、笑顔で答えた。

「ふぁい……」


　夕暮れが、迫っていた。

初夏とはいえ、六時ともなればもう陽も落ちかける。

空は燃えるような色に染まり、地に様々な影を色濃く描く。

そんな夕景の中を、大型ヘリが飛んでいた。

バベル・ブックスに向かう、政府用のヘリだった。

コントロールルームで、ジョンがそれを見ている。

「さあ、クライマックスだ。ノンストップで行くぞ」

屋上のヘリポートに、記者たちがわらわらと現れた。二人の銃を持った男に命令されて、中心に固まる。

「起爆装置は？」

「セッティング完了だ」

オペレーターが、床に置かれた起爆レバーを指さす。T字型のレバーを押せば、屋上が吹っ飛ぶ。

ヘリが、ヘリポートの真上に差しかかった。機体の下から、巨大な網袋(あみぶくろ)が吊(つる)されていく。政府の用意した、一億ドルだ。

ジョンは、屋上の男に通信を飛ばした。

「パネルを出せ」

屋上の男が、『FALL　IT!』と大きく書かれたパネルを持ち上げた。操縦席でそれを確認したのか、網袋（あみぶくろ）のワイヤーがするすると下がっていく。

「受け取ったら、すぐに屋上から降りろ。ヘリが着地する前に爆破する」

パネルの男が、イヤホンから聞こえる指令に頷（うなず）いた。

ワイヤーはどんどん下がってくる。屋上まで、あと五メートル。

「全員、エレベーターに待機させておけ。爆破してすぐに、降りるぞ」

ジョンは、乾いていた唇を嘗（な）めた。その横で、オペレーターも屋上のカメラに見入っている。

だから二人とも、ルームの隅で画面が一つ、ブラックアウトしたことに気づかなかった。

屋上まで、あと四メートル。

回転翼の風が、強くヘリポートに吹きすさぶ。固まっていた記者たちは、中央から少し離れた。入口付近まで移動する。

その陰になったせいで、入口の扉が開いたことに、ジョンは気づかなかった。

屋上まで、あと三メートル。

目前まで迫った金を誘導するために、男の一人が銃を下ろした。

風はずっと強くなっていた。だから背後で、ざわざわと記者たちが騒いでいることに気づかなかった。

屋上まで、あと二メートル。

男が、頭上の金に手をのばした。文字通り、手の届く位置にまで来た金だ。

だがその時、ヘリの轟音を、一つの声が貫いた。

「どけてくださいっ！」

轟音を声が貫いたように、続いて強い風を貫くものがあった。それは、まるで無風状態であるかのように直線に飛び、のばしていた男の手に突き刺さった。

「…………………！」

悲鳴が、ヘリの音にかき消される。頭上の金を見上げていた男の顔に、血の雫が落ちてきた。

「！　！　!?」

ジョンが立ちあがった。男の手に突き刺さったのは、紙飛行機だったのだ。

ざざざと、記者たちの壁が割れた。

そこには一人の女が立っている。薄汚れたコート、皺だらけのシャツ、丸めた長い紙を刀のように握り、はあはあと息をついている。

ロングの髪が、風に吹かれてばらばらと散らばった。

女は投球を終えたピッチャーのような姿勢を戻し、ずれたメガネを人差し指で直した。

ジョンが叫ぶ。この女を、初めてこの名で叫ぶ。

「ザ・ペーパ――――!?!?!?!?!?!?」


「まにあい……ました」

読子が、ふらふらと男たちのほうに向かう。

「きっ、キサマっ!?」

手を射抜かれた男が、もう片手で銃を持ち、読子に向ける。

「!?」

丸めた紙を床に置いた読子は、ポケットに手をつっこみ、紙コップを取り出した。いや、それは紙コップに似ているものだ。底は平面ではなく、大きなカーブを描いている。

「死ねぁっ!」

今日だけで何度この言葉を言われただろう。読子に向かって二発の弾丸が飛んでくる。

「えいっ!」

読子はコップを構えた。飛来した弾丸はその縁に当たり、カーブをなぞるようにして対する縁から飛び出し、撃った男のほうに戻っていく。

「!」

男の肩、腿に弾丸がめりこんだ。

「うぐあっ！」

自分の撃った弾丸に倒され、男が悶絶する。

「きしょうっ！」

仲間にかわって、もう一人の男が銃を向けてきた。今度の男は機関銃だ。読子はコップを捨て、コートの内ポケットから新たな紙を取り出す。A2サイズの大きさに、無数の細かい切れ目が走っている。

「くらえっ！」

芸のない言葉で、引き金を引く。たちまち無数の弾丸が発射された。読子の背後で、記者たちが巻き添えを恐れて悲鳴をあげる。

読子が、紙を左右に引っ張った。切れ目が広がり、網となる。弾丸はその網にビシビシと入り込み、止まった。

「なぁっ!?」

これまでの例に漏れず、男が目を丸くする。紙使いの、無視できない優位性がこれだ。その能力はあまりに非常識に見えるため、攻撃直後の相手を混乱させるのだ。

そして読子は、今回もそれを大いに役立てた。プラスチックの下敷きを手前に曲げるごとく、紙を内側にたわませる。そして一気にその逆方向、すなわち敵側へと反り返す！　作用には反作用がつきものであると証明するように、弾丸はすべて男の元に戻ってきた。

「えぁっ！」

致命傷にこそ至らなかったものの、身体に無数の傷を受け、男は仲間の横に仲良く倒れこんだ。

「すいません、借りますっ！」

読子は近くの記者の胸ポケットからからペンを抜き取り、男が落としたパネルの裏に文字を書きつづった。

事態の異常に目を見張っていたヘリの操縦士に、パネルを突き出す。

『爆弾がしかけられています。逃げて！』

顔を青くした操縦士が、上昇を始めた。

「皆さんも、早く逃げて！　爆発するんです！」

読子は振り向き、記者たちに叫んだ。

期せずして、読子の活躍を見せられたジョンは、顔を蒼白にして叫んだ。

「屋上閉鎖だ！」

頷（うなず）いたオペレーターが、屋上入口のドアをロックする。

「それがすんだら、爆発させろ！」

オペレーターが反論する。

「しかし、金が！」

「見ろ！　ヘリはもう上昇してる！　コレクションを売っぱらえば、金は入る！　あの女を吹き飛ばせ！」

オペレーターは、まじまじとジョンを見た。


「開かない！　開かないわ！」

記者の一人がドアにしがみついて引っ張るが、もうびくとも動かない。

「！　こっちへ来て！」

読子は全員を入口から離し、一カ所に固めた。

「時間が無い！」

丸めていた紙を床に広げる。一辺三メートルはありそうな巨大紙だ。幾重(いくえ)にも折られていたらしいが、広げるとさすがに大きい。

「手伝ってください！」

「いったい、なにを……」

読子の行動がわからない記者たちが、疑問を投げかけてくる。

「いいから手伝って！」

剣幕に押され、数人の男が従った。直径一メートルはある紙の巨大ストローが完成した。

「持って！」

指示により、ストローの端がポートの床に着けられる。

「えええぇぇぇい！」

読子が、逆端を押した。その場にいた全員が、己の目を疑った。それはまるで、プリンに刺したように、ズブズブと床に刺さっていったのだ。

「ドレイクさん！」


四〇階。在庫だらけの倉庫で、ドレイクは読子のストローが貫通するのを待っていた。爆弾を解体するという手段もあるが、文字どおり山のような本の中では、見つける時間が無い。

やがて、天井の一角にヒビが入り、読子のストローが突き出てきた。

「あそこか！」

直ちに急行し、その下で巨大なモリ銃を構える。鎖のついた、モリ銃を。

ストローにえぐられた天井の中心めがけて、モリを撃ち込む。そしてその鎖を握り……。

「でやあぁっ！」

一気に引く！　パラパラと破片をまき散らし、石煙をあげ、えぐられた中身が床に落ちてくる。煙がおさまると、そこには天井からヘリポートへのトンネルができあがっていた。

「ドレイクさん！」

「急げ！」

顔をのぞかせた読子を怒鳴る。今、この瞬間にも爆発が起きるかもしれないのだ。

「はい！　皆さん、滑りおりて！」

読子は次々に、ポートの記者たちを紙のトンネルに滑らせていった。記者たちも、驚きの感覚がマヒしたのか、命の危機の前には、多少の不条理も無視しているのか、おとなしくトンネルに入っていく。要は、学校でやる避難訓練の要領だ。

「こっちへ！」

四〇階に下りた記者たちは、ドレイクの指示で非常階段をかけおりていく。

「早く！　急いで、早く！」

「君は……」

一人の記者が、読子を見つめて止まった。

「あ……」

読子の動きも一瞬止まった。目の前にいるのは、開店前にインタビューしてきたブッシュだった。

「確か……」

読子は慌(あわ)てて口に手を当て、しーっとゼスチャーを取った。

「とにかくっ！　早くっ！」

押し込むようにブッシュを入れる。

「なんで押さない⁉　早く爆破しろ！」

狂気の感すら見せるジョンに、オペレーターが反論する。

「まだ屋上には仲間が残ってるんだ！　奴らはどうなる！」

「…………………」

ジョンは、銃をオペレーターの腹部に当て、二度引き金を引いた。

「！」

口から血を吐き、どう、とオペレーターが倒れる。

「知ったことか！」

ジョンは、自ら起爆レバーに手をかける。


「さい……ご、です！」

読子は、倒れていたテロリストの男たち二人をトンネルに押し込んだ。

「ぐあっ！」

トンネルを滑り下りた男たちは、受け身もとれずに傷を強打したが、それでも死ぬよりはましだろう。

「入ってろ！」

ドレイクが、その二人を抱えあげて荷物用エレベーターに放り込み、下の階のボタンを押す。これで助かるかは、あいつらの運次第だ。

「ザ・ペーパー！」

「はい！」

読子が、トンネルに飛び込んだ。下から、ドレイクがそれを受け止める。

「行くぞ！」

「はいっ！」

二人は、階段へと身を躍らせた。


「くたばれ、ザ・ペーパ――――――ぁぁ！」

腕も折れよとの力を込めて、ジョンがレバーを押した。


夕景だった。

夕景に、ビルがそびえ立っていた。

そのビルの頂上から、夕日よりもなお赤い炎が吹き出した。

　黒い煙が、それを彩った。

「うわっ、うわあぁぁっ！」

　待機していた警官隊、報道陣の上に、破片が降ってきた。

　慌てて警官が飛び出たパトカーを、ビルの巨塊が押しつぶす。

　そしてその後、燃える紙が落ちてきた。

「消防！　消防！」

　何万冊の本、そのページが火に包まれながら宙を舞い降りてくる。燃える鳥のように風に煽られ、上へ下へと舞う様は、黄昏の空を幻想的に彩った。


　バベル・ブックスが大きく揺れた。エレベーターに乗り込んでいたテロリストたちは、イヤというほど壁に叩きつけられる。

「なんだ⁉」

「爆発か⁉」

「ジョンはなにやってる！」

　怒号にまみれながらも、エレベーターは一階フロアーに着いた。そこから先は、ボタンを押しても動かなかった。

「階段だ、出ろっ！」

十数人のテロリストが、ドアから外へとまろび出た。

エレベーター前のホールは、装甲車の爆発で起きた破片が飛び散って、さながら戦時下のようだ。

「階段は……！」

階段に目をやった男が、言葉を無くした。

大きくコートが翻った。空気を裂く音が、耳に届いた。そこには、女が立っていた。

「……ここは、通しません」

読子・リードマンが、テロリストたちの前に立ちふさがった。

「殺せ！」

誰に言われるまでもなかった。男たちは、いっせいに読子に銃を向ける。

読子は身をかがめ、地面に片手をついた。

「!?」

ついた片手を、ぐいとねじる。途端に、男たちの足元が急回転した。

「うがぁぁっ!?」

一人残らずバランスを崩し、倒れていく。見ると、読子の手を先端に、床に渦ができてい

た。床には、巨大な紙が敷かれていたのだ。テロリストたちは、その上に立っていたのであ

る。

「ちいっ！」

いち早く体勢をたてなおした男が、反撃を試みる。その無謀な男めがけて、読子の手が疾った。手の中から赤いリングが飛び、男の銃を弾き落とす。

「なんっ⁉」

リングはたちまち、読子の手に返っていった。それはまぎれもない、紙テープだった。読子は紙テープをヨーヨーのように飛ばし、男から銃を奪ったのだ。

「いきます！」

読子は両の手からテープを飛ばし、男たちを強打していく。テープはうなり、飛び、しなり、ムチのごとく動いた。

指の骨を砕かれて悶絶する男がいる。足首に巻きつかれ、ねじられ、悲鳴をあげる男がいる。

仲間を楯にした男が、読子を撃つ！

「！」

読子は舞うように、コートを振った。銃弾は、翻ったコートに弾かれた。男たちは知るよしもないが、防弾性の特殊紙でできている特製コートである。

全員が戦慄した。

たった一人の女に、武器を持っているテロリストの自分たちが手も足も出ない。

中の一人が、改めて目に恐怖を浮かべ、つぶやく。

「……やっぱり、魔女だ……」

言い終わると同時に、その男——カルロスの額に、読子の紙テープが命中した。

カルロスは、盛大に倒れこんだ。


バベル・ブックスから少し離れた植え込みに、ねねねは座っていた。

ドレイクに教えられたように、通気口から地下を通って下水道に入り、すぐ近くのマンホールから外に出ることができた。

周囲はまだ警官や報道陣でごった返している。

爆発で降ってきた火の紙もずいぶんおさまったが、まだちらほらと風に乗っている。

「…………………」

あの爆発に、読子たちは巻き込まれなかっただろうか？

無事だろうか？

ねねねは膝(ひざ)を抱えて、待ち続ける。

「カルロス！　リチャード！」

エレベーターを降りるなり、ジョンは叫んだ。そこには、仲間たちが死屍累々と倒れていたからだ。

息はある。だがそれが逆に腹立たしい。

相手は、殺す必要無しと決めて戦ったのだ。

「…………」

ジョンの顔は、怒りという名の肖像画と化した。これが誰の仕業か、自分でもわかっている。

あいつはまだ、まだ、まだ! 生きている!

「出てこい、ザ・ペーパ———ァァ! 決着をつけようぜ!」

銃を撃つ。宙に向けて、撃つ。

「ペーパ———ァァ!」

撃ちながら進む。

「出てこぉおい!」

ジョンの足は、中央階段より奥の、螺旋回廊に向かった。

そこは、四〇階まで続く吹き抜けの場所である。円形の広場を囲むように、廊下が緩やかな螺旋を描き、各階のスロープとなっている。五階に一つ、採光の窓から夕日が差し込み、円と連なる本棚を赤く照らしている。

黄昏色の空気の中で、在庫倉庫からまぎれこんできたのか、燃えた紙が宙に舞っていた。

破壊に満ちた、退廃的な、それでいて奇妙に美しい光景だった。

「……何万冊も、本が燃えました」

どこからか、声が聞こえた。

「ふぬうっ！」

ジョンが、声が聞こえたと思う方向に弾丸を飛ばす。本棚の端が、弾けた。

「誰かに読まれるために、生まれた本たちです」

しかし声は、また別の方向からやって来た。

「がっ！」

その別の方向とやらに、銃を向ける。撃つ前に、また違う方向から声がする。

「あなたは、生命を殺したも同じです」

ジョンの息があがってきた。顔中に汗をかき、ヒステリックに笑う。

「女！　俺は昔、ドニーと戦ったことがあってな！」

「…………………」

声が黙った。ジョンはさらに続ける。

「紙使いの弱点は、知ってるんだ！」

懐から、本を取り出す。タイトルは『そばかす先生の不思議な学校』だ。

「言ったろう！　嘘をつかないテロリストはいないってな！　おまえのケースから、取っておいたんだ！」

地面に本を叩きつける。本は、裏表紙を上にして落ちた。

「紙使いの弱点は、これだ！」

ジョンはマッチを擦り、本の上に放った。たちまちその裏表紙に、黒い染みが広がる。

「さあどうする、ザ・ペーパー！　おまえの本が、燃えてるぜ！」

「…………」

息が聞こえる。読子が、苦悩している息だ。迷い、怒り、戸惑いの感情が渦巻いている。

「ザ・ペーパアアア！　出てきて読むか⁉　その場で死ぬか⁉　読むか⁉　死ぬか⁉　リ——ドオア、ダァァァァァァイイイイイイ⁉⁉⁉⁉⁉」

本棚の陰から、読子が飛び出してきた。耐えられなくなったのだ。

「！」

読子は迷うことなく、脇目もふらずに本に飛びついた。火を素手で払い、叩いて消し止め、その胸に抱きしめる。

「さすがだ、ザ・ペーパー」

側頭部に、銃が押しつけられる。ジョン・スミスが愉快そうに笑っていた。

「おまえたちは皆同じだな。たかが本！　たかが紙で！　大切な命を落とすんだ！」

あのNYでの籠城事件。

客の中に、大英図書館の紙使い、ドニー・ナカジマがいた。ヤツは本と本の間をゲリラのように駆け抜け、レッド・インクのメンバーを一人、また一人と倒していった。

ジョンは味方の被害をくいとめるため、サイン入り童話本『マザー・スター』を抱えた少女を人質にした。出てこなければ、本も少女も命はない、というわけだ。

ゆっくりと、いたぶるつもりだった。

だが、サイン本に火を点けた時点でドニーは飛び出してきた。服でそれを消し止め、少女に手渡した。

お笑いだった。これほどまでに、連中は本に弱いとは！

ジョンたちはドニーを半殺しにして、警察との交渉に使い、最終的には逃げ通した。

「結局、おまえたちは本という欲に目が眩んでるのさ」

嘲笑するジョンを、読子が見つめる。

「いいえ、違います」

「なんだと?」

「……ドニーが現れたのは、本のためだけじゃありません。その、女の子のためです。その子が、悲しい思いをして、本を嫌いにならないように、飛び出したんです」

「…………………」

「ドニーは人も、本も等しく愛していました。それができる人でした」

ジョンの顔が、凶悪に歪んだ。

「優しいドニーに、会いに行け」

引き金に、指がかかった。


会議室は静かだった。ドレイクを送りこんで一時間、彼からの報告を待っているのだ。

各局のニュース画面は、爆発で現場がパニックになっているため、どこもスタジオからの状況説明となっている。

重い空気の中、ジェントルメンが口を開いた。

「ジョーカーよ……」

「なんでしょう、ジェントルメン？」

「ひとつ、訊ねておきたいのだが……」

「なんなりと」

「なぜおまえは、そこまで読子に肩入れするのかな？」

ジョーカーは、しばし黙った。彼にしても、その質問はやや意外だったのだ。

「おまえの下には、もっと完璧なエージェントもいるだろう」

しばらく自分の中で答えを探り、ジョーカーは口を開いた。

「ご指摘のとおり、彼女は学生がエージェントになっているような女です。まだまだ欠点も多い。能力にもムラがある」

探るように、銀髪がジョーカーを見た。彼はだが、かまわず続ける。

「しかし彼女は、おそらく歴代の紙使いの中でも比類なき〝本好き〟です。それと同じように、本に好かれています。本を愛する人間は多いが、本に愛される人間は少ない」

喋（しゃべ）っているうちに、熱がこもってくる。それはジョーカー自身、意外なことだった。

「切られ、破られ、燃やされようと、紙は彼女に仕える。それは読子が、彼らのために全てを犠牲（ぎせい）にできると知っているからです。紙と結ばれた絶対的な信頼関係。これはどんな紙使いも築けなかったものです」

ジェントルメンは黙して聞いている。

「……神が、自らを信じる者を助けるように、紙は、自らを愛する者の味方なのです。読子は、世界じゅうの紙に愛されている女です。おそらく……」

言葉を区切り、ジェントルメンに、そして自分に答えるようにしめくくる。

「どんな危機におかれても、紙が彼女を救うことでしょう」

一枚の紙が宙を舞った。それは、自らを燃やしかけていた、ある小説の一ページだった。風に吹かれたその一枚は、ジョンの横顔にはりついた。

「うぐあっ！」

顔に痛みにも似た熱さを感じ、ジョンが呻く。

「！」

そのスキを見逃す読子ではなかった。『そばかす先生の不思議な学校』から見返しの紙を破り取り、突き上げるように一閃させる。

「うおっ……」

ジョンの手から、銃が落ちた。指が動かない。腱を切断されたのだ。

「キサマ！」

もう片方、左手で銃を拾おうとする。その首筋に、薄い感触が当たった。

読子が、見返しを刀のようにジョンに押し当てているのだ。

「…………………」

「動くと、切ります」

「おまえに切れるのか？　かわいい紙使い」

「……私はエージェントです。そうしなければならない時には、するつもりです」

ジョンは、その答えに満足したかのごとく、笑った。

「おまえは、最高の敵だな。……だがな、俺を殺すだけじゃ、この件は解決しないぜ」

「？　どういうことですか？」

読子がジョンの言葉に気をとられた、その時だった。

「ごっ！」

ジョンの胸に、穴が開いた。銃弾の穴だ。

「!?」

読子の紙に、血が着いた。ジョンはそのまま前のめりに倒れていった。

「……喋りすぎだ……」

書棚の陰から、男が現れた。

「あなた……」

読子の目が見開かれる。そこに立っていたのは、毒島だった。


「どうして撃ったんですか!?　自首させれば……」

そこで読子は気づく。

なぜ、コレクションは搬入すらされなかったのか？

こうも簡単に、レッド・インクが潜入できたわけは？

「毒島さん、まさか……」

「あんたの考えてることは、だいたい当たってるな」

毒島は、スーツの前をはだける。防弾チョッキの厚い地と、撮影用の血ノリ袋が見えた。

「あなた、この人たちと共謀してたんですね……？」

毒島は、銃を読子に向けたまま、ゆっくりと歩み寄る。

「最初から、コレクションと身代金が目的で……？」

「そうだ」

「どうしてですか？　こんな立派な本屋さん作ってまで……」

「こいつは、ナルニアの協力を得るためのエサだ。こいつにいくらかかろうと、俺の知ったことじゃない。どうせ出すのは〝文化事業〟に目のないスポンサー様だからな。問題は、俺がいくらの金を手に入れられるかなんだ」

「この本屋さんは、どうなるんですか」

「どうにもならんさ。本なんて商品は、薄利多売だ。採算が取れるまで何百年かかるかわかりゃしない。だがな、これだけ派手にやれば、爺どももあきらめざるをえんだろうよ」

読子の目が、静かに燃え始めた。

「……陰から見せてもらったが、あの力は、ありゃなんだ？」

「…………………」

「まあいい。俺には関係ないからな。……本を置け」

読子はそっと、床に『そばかす先生の不思議な学校』を置く。

「持ってる紙を、捨てろ」

付箋、栞、メモ用紙……。ジョンとの戦いに備えて持っていた紙を、置く。

「それで全部か？」

「はい」

毒島が笑った。名前のとおり、毒に満ちた笑いだった。

「……あんた、行列の先頭にいた女だな」

「……はい。ここに来るのを、楽しみにしてました………」

「おめでたいもんだ。……あんたぐらいの本好きなら、バベル・ブックスの由来がわかるかな？」

読子は、毒島を見つめたまま、答える。

「ホルヘ・ルイス・ボルヘスの『伝奇集』にある『バベルの図書館』ですね？」

「さすがだな」

それは、およそすべての書物を集めた図書館の物語である。この中では、図書館員たちが無限に広がる図書館の中で、唯一の最終的な本を探してさまようのだ。

「本好きは、現実も作り話も同じだな。どれだけ本があっても、自分の欲しい本のためにどこでも、いつまでもブラブラとさまよう。俺に言わせりゃ、バカだ」

読子から出る雰囲気が、危険なものに変わっている。

「ニェルテガのヤツもそうだ。あいつは本のために、世界のどこまでもすっとんでいく。まあ、おかげでコレクションは、せいぜい高値のつくもんになったがな。……あれも、闇の世界なら言い値になる。全部俺のものだ。あとは顔を変え、姿を変えて一生遊んで暮らすさ」

読子が立った。

「……愛書家が本を貸すということは、その人を信頼するということです。皇太子は、あなたを信じて、コレクションの持ち出しを許可したんです」

「………………」

「あなたは人も、本も、自分も裏切った。……どうしても、許せません」

読子の怒りが、空気に満ちていく。

「……向こうを向け」

その目に圧倒されたか、毒島は読子に背を向けさせた。

「………………」

その時、読子は思い出した。自分でも忘れていた、あることに。

「……手をあげろ」

「………………」

そっと、手を上げていく。指先が、胸をかすめていくように。

「……死ね」

今日最後の殺意が、読子に向けられた。

「！」

読子は振り向きざま、人差し指と中指に挟んでいた紙片を放った。

「うぁっ！」

それは、毒島の目に貼りついた。アイパッチで覆われていない、右目のほうに。

視界を塞がれ、毒島がうろたえる。

紙片は、毒島の名刺だった。開店前に、報道陣の前で受け取ったものだ。胸ポケットの奥にしまって、自分でも存在自体を忘れていた。

「このっ！　このっ！」

錯乱した毒島が、銃を乱射する。読子は地面に伏せ、弾丸をやり過ごした。

紙の一片が飛び火したのか、上空で、大きな爆発が起こった。

「！」

読子は見た。毒島の上に、巨大な物体が落下してくるのを。

「うっ……!?　うあぁっ!?」

全身にふりかかる圧倒感に、毒島が本能的な悲鳴をあげる。

次の瞬間、彼の身体は、物体の下に消えた。

落ちてきたのは、イベントで使った、ナルニアの本を模した模型だった。ジョン・スミスが登場した、全ての茶番のスタート地点だ。

「…………」

読子は、彼の皮肉な墓標を見つめていた。

ドレイクが誘導した記者たちが、ようやくビルの外へと出てきた。無論、彼自身は別ルートから脱出しているのだが。

たちまち報道陣から、シャッターの嵐が起きる。普段と逆の立場を味わい、記者たちはおおいに戸惑った。

中でもブッシュ・ランバートは、乱れた髪をなおす間もなく、自局BBCのカメラの前に立たされた。

半日を越える人質経験の疲労を色濃く残しながらも、ブッシュは気丈に口を開いた。

『想像以上に早く、悲劇的な結末を迎えてしまったバベル・ブックス。事件の全貌を知るには、詳細な調査が期待されます。なんにせよ、八〇〇〇万冊の本が壊滅的な打撃をこうむったこの事件は、人々の記憶に長く残るでしょう。……そして、信じがたいことですが、この結末の裏には、人智を超えた能力を持つ……』

そこで、ブッシュの脳裏に読子の姿が甦ってきた。屋上から脱出する時の、困ったような顔でゼスチャーをする彼女の姿が。他局の連中は、いや自分以外は、おそらく彼女の正体に気づいていない。

これは間違いなくスクープだ。だが……。

マイクの故障かと思うほど長く黙った後、ブッシュはおもむろに続けた。

『……謎(なぞ)の女性がいて、事態の解決に活躍したことを、皆様に報告いたします。以上、現場からブッシュ・ランバートでした』

ブッシュの長い長いレポートは、こうして終わった。


膝(ひざ)を抱えてうずくまるねねねの視界——きわめて地面に近い部分に、汚れた靴(くつ)が現れた。流行やファッションをまるで無視し、コーディネートをする気も無いようなボロボロのローファー。

「…………………！」

見上げると、そこには薄汚れた女が立っていた。煙と埃(ほこり)で汚れた顔、バサバサの髪、シワまみれのコート。そして不格好な、男もののメガネ。

ザ・ペーパー、いや、読子・リードマンだ。

「……遅くなりました」

読子はにへら、としか形容できない顔で笑った。

「…………！」

ねねねは無言で立ち上がり、読子に抱きつく。

「すっ、菫川先生っ!?」

赤くなる読子を、思いっきり抱きしめる。

「……無事だって、わかってた」

「どうしてですか?」

「だって、そうじゃないとハッピーエンドにならないもの」

「…………………」

「私、ハッピーエンド以外は書きたくないし」

読子はねねねを優しく離し、涙でうるむ瞳を見て答えた。

「……私は、あなたの話のそういうところが好きなんです」

しばし二人は見つめあい、そして口を開く。

「ねぇセンセ」

「はい?」

「……私たち、サイフ返してもらってないよね」

「そう言えば……」

サイフはジョン・スミスに奪われたままだった。今から探すのは、事実上不可能だ。

「帰りの電車賃、どうする?」

二人はここで、今日最後の危機に陥(おちい)ったのだった。

ＢＢＣの画面は、ひき続きナルニアから日本政府向けに当てられたコメントを発表している。

その内容は、「人質の救出を最優先してほしい。自分のコレクションのことは、とりあえず忘れてくれて構わない。日本政府の、テロリズムに対する勇気と慎重を併せ持った対応を期待している」というもので、ニェルテガの署名入りだった。

これを読子が聞いたら、

「ほら、やっぱり本好きに悪い人はいないでしょ」

と笑うことだろう。

いずれにせよ、紆余曲折はあったが、事件は解決した。

ドレイクからの報告で、読子の無事も確認された。

ジョーカーはほう、と息をつく。とんだ一日になったものだ。

ジェントルメンはそんな彼に、待ち望んでいた言葉を投げかける。

「偶発的な要因も多いが……まあ、成功の類だな」

「おそれいります」

「では、グーテンベルグ・ペーパーの件は、大英図書館に一任することにしよう」

「……ありがとうございます。全力をもって、取り組ませていただきます」

男たちの空気がざらつく。

大英帝国の運命がかかった一大任務は、この軽い男に委ねられることになった。

不安と苛立ちのせいで、英国海軍は胃を、銀髪は眉をおさえた。


図書館はもう、閉鎖時間をまわっていた。

しかし原瀬光子は、受付でくーくーと寝息を立てている。

「ハァーイ！　ミツコ！」

目ざましがわりになったのは、あの金髪の騒々しい声だった。

光子は慌てて飛び起きる。館内には、もう二人以外誰の姿も無かった。

「こんなところで寝てては、カゼひきますよ」

「す、すいません……」

恥ずかしいところを見られた。光子の顔が赤くなる。それにしても、この金髪はどこにいたのだろう。あれから何度か、図書館の中を見回ったが、その姿は発見できなかった。

「あの……」

光子の質問を遮るように、金髪が本を突き出す。

「今日はまた、一段と迷ってしまいました。これを借りることにします」

金髪の選んだ本はラブレー作『ガルガンチュワ物語』だった。

カードに必要事項を記入し、本を手渡す。

「また来ます。バァーイ！」

やたらと上機嫌な金髪は、来た時と同じく、騒々しく出て行った。

一人残された光子は、肩をとんとんと叩く。

図書館の仕事は好きだが、あまりに平和すぎてぼうっとなりがちだ。友人たちの話題にも、世間話からも取り残されてしまう。

帰ったら、ニュースでも見てみようか。

なにかとんでもない事件があったかもしれないし。

エピローグ

読子は、部屋のドアを開けた。

四日前と同じく、散々に散らかっている室内が目に入る。

二人は公衆電話の周りを探して一〇円玉を見つけ、それでねねねの担当編集に電話して、迎えに来てもらった。

薄汚い格好になった読子は、何度も何度も彼に謝りたおした。

とにかく、疲れた。

読子は本と本の間にできた〝けもの道〟を通って、部屋中央のベッドにたどり着く。

山と積まれた本をどけ、どうにか身体を横たえるだけのスペースを確保する。

布団は床に落ち、本の山の下敷きになっているので、今日も新聞紙をがさごそと身体の上にひっかける。

「はうぅ〰〰〰〰……」

今日最大（そして唯一）の収穫だった、『そばかす先生の不思議な学校』を開く。

結局手に入ったのはこの本だけだ。お気に入りの本もずいぶん無くした。サイフも取られた。

だが、読子の心は弾んでいた。

これは彼女にとって、特別な本だからだ。

Aのスペルで始まる名前を持つ少年しか入れない学校の、不思議な物語。

ページをめくると、あの頃の思い出がありありと甦ってくる。

「やっと見つけたよ、ドニー。……長い間借りっぱなしで、ごめんね……」

ドニーの苦笑が、メガネから聞こえたような気がした。


この世に生まれる、何億冊の本。

それは天文学的な確率を乗り越えて、読者の元へとやって来る。

そこで生まれるドラマは、本の中に描かれた物語に負けず劣らず多様で、刺激的で、感動的だ。

だから本は、生命に似ている。

似ているから、私たちはたかが紙をまとめただけの〝本〟に惹かれるのだろう。

どんなに文明が進もうと。

どんなに地が荒れ果てようと。

生命があるかぎり、本は死なない。

やがて、うず高く積まれた本の中に、

「ふにゅー……ふにゅるるー……」

と、独特な寝息が聞こえてきた。

よほど今日という一日が疲れたのだろう。

今夜、きわめて珍しいことに、読子は知識欲よりも睡眠欲を優先させ、懐かしい夢の中に潜っていった。


（つづく）

あとがき

本が好きです。

その次に、映画が好きです。

中でも特に好きな映画が『ダイ・ハード』です。一作目。初めて見た時は、本当に鳥肌が立ちました。先行オールナイトで見て以降半年間、ひたすら通いました。他の映画には見向きもせず、『ダイ・ハード』参りを続けました。

〝生涯で一番好きな映画は？〟と聞かれると、これと『ブルース・ブラザース』と『野獣死すべし』（優作版）と『男たちの挽歌』のどれを選ぶかでいつも悩みます。

ま、とにかく。それなら、本屋さんで『ダイ・ハード』をやったら楽しいに違いない。そう思って書き始めたのが、この巻です。

いや実際、楽しかった。読み返してみれば本当にまるっきり『ダイ・ハード』なのですが、〝本読み〟として、いつも紀伊國屋や書泉グランデなどに行く度に浮かべていた妄想が、なにかスカッと昇華されたような気分です。読者の皆様にも、そんな爽快感を味わっていただければ、作者冥利に尽きるのですが。

なお、このジャンル（というのか？）の先達には、とり・みき、田北鑑生両先生の大傑作マンガ『DAI—HONYA』があります。緻密なギャグと本への愛情、そして愛しくも〝しょうもない〟本読みの業がアクションと共に描かれた一冊です。未読の方はぜひ本屋さんにてお探しください。オモシロいです。本当に。

しかしやっぱり〝でっかい本屋さんで『ダイ・ハード』ごっこ〟というのは、万人の夢だったのだなぁ。

『R．O．D』に登場する本は、実在するものと架空のものが入り混じっております。

大催事場で毒島が手にする『GOLD　DUST　IS　MY　EXLIBRIS』（ブロック型の本）は実在します。古書市で奪いあいになっている『ウィークエンド・スーパー』もそのスジでは有名な雑誌です。

しかしもちろん『スペースバイオレンス　宇宙ダイナマ野郎』や『智恵の書』などは私が勝手に夢想した、非実在書籍です。そういうタイトルだけを考えるのも、なかなかに楽しいものだったりします。これも本好きの業ですな。

今回、読子が入手した『そばかす先生の不思議な学校』は、実在する本です。というのも、私が小学生の時に〝移動図書館〟（バンの荷台を本棚にして、各地の学校などを回って本を貸し出すシステム）で読んだ本なのです。

〝A〟で始まる名前を持つ少年しか入れない、奇妙な学校の物語。教師の〝そばかす先生〟は、生徒の見た夢を枕元に置いたタマゴに封じて検証したりと、魔法めいた授業で少年たちを指導していきます。その不思議な授業は、先生に反抗する魔性の少年が学校を崩壊(ほうかい)させる、という衝撃的で、かつ美しくもの悲しいラストまで続きます。

移動図書館に返却して以来、私はこの本を二〇年探しています。作者名も出版社も覚えていません。誰に聞いても、知ってる人はいません。時折、あの本は幼い記憶の幻(まぼろし)ではないか、と考えることさえありますが、それでも私は新しい本屋を見つけるたびに、児童書のコーナーを覗(のぞ)いています。本書の中で、一足先に読子に遭遇(そうぐう)させましたが、生涯(しょうがい)のうちにもう一度、自分も『そばかす先生』を読みたいものだと思います。

次巻は、順当に考えると舞台を英国に移し、大英図書館よりの〝グーテンベルク・ペーパー〟に関するお話となるのですが、その前に番外編っぽい読子の日常話も書いてみたいなぁ、とも思っています。どちらになるかはまだ決めてません。困ったもんだ。

ではまた、あなたが行きつけの本屋さんにてお会いしましょう。

倉田英之

この作品の感想をお寄せください。

あて先　〒101-8050
東京都千代田区一ツ橋２－５－10
集英社　スーパーダッシュ編集部気付

倉田英之先生

羽音たらく先生

R.O.D. 第二巻

READ OR DIE　YOMIKO READMAN "THE PAPER"

倉田英之
スタジオオルフェ

集英社スーパーダッシュ文庫

2000年10月30日　第１刷発行
2016年８月28日　第13刷発行

★定価はカバーに表示してあります

発行者　鈴木晴彦
発行所　株式会社　集英社
〒101-8050　東京都千代田区一ツ橋2-5-10
03(3239)5263(編集)
03(3230)6393(販売)・03(3230)6080(読者係)
印刷所　株式会社美松堂／中央精版印刷株式会社

ISBN978-4-08-630014-1 C0193

第一巻

大英図書館の特殊工作員・読子は本を愛する愛書狂。作家ねねねの危機を救う！

第二巻

影の支配者ジェントルメンはなぜか読子に否定的。世界最大の書店で事件が勃発！

第三巻

読子、ねねね、大英図書館の新人司書ウェンディ。一冊の本をめぐるオムニバス。

第四巻

ジェントルメンから読子へ指令が。“グーテンベルク・ペーパー”争奪戦開幕！

第五巻

中国・読仙社に英国女王が誘拐された。交換条件はグーテンベルク・ペーパー!?

第六巻

グーテンベルク・ペーパーが読仙社の手に。劣勢の読子らは中国へと乗り込む！

第七巻

ファン必読。読子のプライベートな姿を記した『紙福の日々』ほか外伝短編集！

第八巻

読仙社に囚われた読子の前に頭首「おばあちゃん」と親衛隊・五鎮姉妹が登場！

第九巻

読仙社に向け、ジェントルメンの反撃開始。一方読子は両者の和解を目指すが…。

第十巻

今回読子に届いた任務は超文系女子高への潜入。読子が女子高生に!? 興奮の外伝！

第十一巻

“約束の地”でついにジェントルメンとチャイナが再会。そこに現れたのは……!?

第十二巻

ジェントルメンとチャイナの死闘が続く約束の地に、読子が到着。東西紙対決は最高潮に！